En el nombre de la rusa

MARÍA CRISTINA FERNÁNDEZ
En el nombre de la rusa

© María Cristina Fernández, 2025
© Fotografía de cubierta: W Pérez Cino, 2025
© Bokeh, 2025
  Gainesville, Fl
  www.bokehpress.com

  ISBN 978-1-966932-06-2
  Bokeh es un sello editorial asociado a Almenara Press

Alguien debería explicarles a las autoridades gubernativas que un banco donde sentarse a echar un sueño es la única patria que tiene mucha gente. No lo desluce, ese banco es como el barco de los argonautas de Jasón: madera que habla.

Manuel Rivas

ROCHELLE

Lleva mucha paciencia trenzar el pelo de mi hermana Aisha, así que Madre mientras tanto nos contaba la película que había visto el día anterior en la pantalla de su teléfono. Las palabras de Madre se acompasaban con el habilidoso tironeo de sus manos sobre los mechones rebeldes. Tuve que ser yo quien la interrumpiera, señalando una libélula que se movía como una flecha entre un plano de sol y otro. Trasponer las puertas de la biblioteca es lo más parecido a entrar a la casa que ya no tenemos. Hay aire acondicionado y puedes usar los libros y las computadoras, los sillones y las mesas y los baños y los lápices, y hasta te dan papeles si lo pides. Encima te sonríen cuando das los buenos días y jamás se les ha ocurrido echarnos. O si se les ha ocurrido no pueden hacerlo, a no ser que te pongas pesado, como ese pobre loco que no tenía auriculares y reaccionó muy mal porque le pidieron que bajara el volumen de su teléfono.

Por eso no perdimos la compostura aquel día frente al lord inglés, ese señor que se sienta cerca de nosotros cada mañana a leer el periódico, como si con ese desayuno de actualidad palidecieran los achaques de su vejez. Se acercó con su bastón de madera y su gorra azul y nos preguntó si estábamos esperando que la biblioteca abriese. Nuestras caras debieron reflejar tremenda sorpresa, incluyendo la de mi hermana, que se zafó del peinado para mirar también con estupor a quien nos hacía la más obvia de las preguntas.

—¿En qué mundo viven ustedes? —insistió todo lo desafiante que podía, pero siempre descansando en el bastón.

Buena pregunta. ¿En qué mundo vivimos? Se me ocurrió pensar entonces que él, que mastica la prensa minuciosamente todos los días, debía saber mejor que nosotros de qué iba la actualidad. Nosotros vivimos en otro mundo, mi lord. En ese mundo nuestro hay mucha intemperie, si no fuera por ese portón que ya debía haber abierto desde hace unos minutos.

—No van a abrir —continuó al vernos silenciosos—. ¿No saben que hoy se celebra el día del nacimiento de Martin Luther King? Ustedes debieran saberlo mejor que yo.

Vaya, vaya... conque por la memoria de Martin Luther King no tendríamos para ese día asientos confortables, ni internet, ni baño, ni agua garantizada... Los derechos civiles, algo me han contado. Siempre que pienso en esto me viene a la mente una gran multitud desparramándose alrededor de un obelisco. Teníamos en casa una imagen del reverendo King, cuando teníamos casa y éramos negros. Ahora somos gente sin color. Mejor dicho, somos gente con el color opaco de los que no tienen casa.

—Estaremos jodidos por los próximos dos días —resumió mi hermano.

—¿Conoce algún lugar donde podamos ir a pasar el día? ¿Alguna fiesta, homenaje, que nos estemos perdiendo? —preguntó nuestra madre, dejando a un lado el peine y adoptando ese aire de reina que tiene como su mayor posesión. Allá en Texas sus amigos la llamaban Sista Queen.

El señor no respondió, como si le hubiesen taponeado los oídos con cera. Se alejó, marcando su ritmo lento con el bastón.

—Martin Luther King... —repitió nuestra madre—. Quiso cambiar las cosas a la manera en que lo hacen los blancos... Y consiguió lo mismo que hubiese conseguido un blanco. Leyes, discursos y marchas no cambian el corazón de la gente. En cambio, Rosa Parks es otra historia... Dicen que padeció de demencia al final de su vida. En verdad yo creo que estaba loca desde aquel día que dijo que no levantaba el culo del asiento del bus para que un blanco lo pusiera ahí. Lo vio claro: el culo de un blanco no es mejor que el culo de un negro. Pero la Colvin, esa niña se lleva la palma entre los valientes.

Madre nos ha contado la historia de Claudette Colvin, la muchachita de quince años que, en un episodio anterior al de la Parks, rehusó levantarse de su asiento en un bus de Montgomery y fue arrestada con violencia. A pesar de que este acto de rebeldía fue anterior al de Rosa, le escamotearon por mucho tiempo el mérito de haber encendido esa llama contra la segregación. Porque Claudette no hubiese ganado las mismas simpatías: era más negra, menos madura y pronto fue una prematura madre soltera.

Pero de todas las negras bravuconas, a quien ella más admira es a la Madre Kofey, presunta princesa de Ghana que vino a América para procurar que sus hermanos, «los niños perdidos de África», fueran redimidos. Allí una ciudad cubierta enteramente de perlas los esperaba, pero Madre Kofey fue asesinada en Miami por gente de su propio color. Ella, que con sus sermones y su convicción movía el corazón de tantos hombres expoliados, devastados, invitándolos a llegar a la Costa Dorada, desde donde su padre, uno de los siete reyes del lugar, la había mandado en misión especial. Cuatrocientos millones de hermanos de su misma raza tendrían un futuro allí, pero el de ella fue truncado por unos disparos en una iglesia en Liberty City. Si fue princesa real, enfermera de la Cruz Roja o maestra de escuela, variantes todas que se manejaron en torno a su vida, a Madre le merece atención por lo que predicó: «Siente orgullo de ser lo que eres». «¿Hasta de ser homeless?», le pregunté. «Hasta de eso», respondió.

Lo cierto es que aquel domingo y el lunes siguiente nos quedamos a la intemperie a causa del cumpleaños del reverendo King. Nos acomodamos en los bancos del parque exterior, el que llaman «jardín de las mariposas», y vimos algo de cine a través del teléfono. Dormimos la siesta debajo de la rampa de acceso para inválidos, protegidos por la sombra de los árboles. Abrimos unas latas de salchichas vienesas, comimos papitas de Pringles y tomamos té verde con ginseng de las latas Arizona, las que tienen la rama de cerezo que tanto me gusta.

Madre guarda en la mochila dos o tres novelitas para adolescentes que lee en estos tiempos. El accidente cambió nuestras vidas. Fueron varias cosas importantes las que se trastocaron en breve tiempo. La pérdida de Padre, los estragos de la colisión en el cuerpo de Madre, el fin del mandato del primer y único presidente negro que ha tenido este país. Sí, la llegada al poder del gran Trumpador era algo que ni a Madre ni a nosotros nos hizo ninguna gracia. A veces y sin que ella lo sepa, miro otra vez esos videos que cuelgan en internet, donde la entrevistan a propósito de su gestión como fundadora del proyecto «Move on over». Sus tres hijos y otros seis muchachos más éramos parte de su proyecto de formar «niños entrepeneurs». Niños que pudiéramos defender un sueño, gestionarlo, llevarlo a la realidad. Madre tomó ese nombre de una frase de Stokely Carmichael, uno de sus mayores inspiradores. En una de esas entrevistas Madre habla de él y de cómo ese lema la estimuló a apoyar la iniciativa de un residente de New York, quien había generado una recaudación impresionante para llevar a niños negros residentes de Harlem a ver la recién estrenada *Black Panther*.

El GoFund de Madre logró recaudar unos siete mil dólares, con los cuales muchos niños sin recursos de Texas pudieron ir al cine a ver aquella película donde por primera vez un superhéroe de Disney tenía el color de nuestra piel. Según nos dijo ella con orgullo, T'Challa, el rey de Wakamba, del clan de la Pantera, encarnaba el verdadero poder negro por el cual Luther King, Rosa Parks, Carmichael, Malcom X y tantos otros habían luchado. Esto le dio fuerzas para comenzar el «Move on over», además de que ya no podía seguir dando clases de danza como antes, a causa de su cuerpo lastimado por la desgracia de dar ese día con un conductor borracho. Al menos ella vivió para seguir cuidándonos, pero le fue imposible salvar la casa. Ese proyecto nos llevó a varios eventos y hasta a un congreso en Atlanta, además de que desde entonces no nos vestimos con otro color que no sea negro. Por tres razones: porque simbólicamente pertenecemos al clan de la Pantera, porque el negro es un color agradecido que esconde la suciedad, y porque de algún modo vivimos en un luto continuo. Miami fue la última ciudad donde probamos suerte con el sueño de Madre: no nos salió bien ese viaje, no teníamos dinero para regresar. El clima de algún modo acá es benigno, por lo que se nos hace posible dormir en la calle, y cuando hace mucho calor o humedad por el día, nos refugiamos en la biblioteca.

Pero hoy, a diferencia de aquel día en que el lord nos emplazó, no sabemos cuánto tiempo estará este portón cerrado. Aún la fuente tiene agua, aún la brisa mueve los árboles, aún estos bancos pueden sostener el peso de nuestros cuerpos cansados de dormir lejos de una cama. Una extraña pandemia está llegando a todos lados. Dicen que mata mayormente a los más viejos. Nosotros somos muy jóvenes y nuestra madre apenas pasa de los cuarenta.

Un carro de policía se detiene frente a nosotros. El oficial se acerca, nos alecciona: «Hay que respetar la distancia social». Mi hermano le aclara que somos una familia y que lo único que tenemos en este mundo, además de los bolsos y las tarjetas de comida, es ese sentido de ser una familia. Antes de que existiera la pandemia, ya nosotros éramos la peste del mundo, pero una peste compacta, indivisible. ¿Qué va a pasar con nosotros si no podemos estar juntos? Entonces nos pide aceptar algunas de esas máscaras que te tapan la nariz y la boca.

—Pónganselas, por su bien. Dentro de poco serán de rigor. Y olvídense de la biblioteca que por algún tiempo no abrirá —son sus últimas palabras antes de regresar a su carro. Pobre hombre, podía leérsele en su cara el tamaño del miedo que lo acompañaba.

Dice Madre que todo esto le recuerda la película *Contagion*, hecha ya hace unos años, donde un virus respiratorio comienza a extenderse por el planeta y causa un gran caos, a la vez que destapa un mecanismo interesado de control, y aunque tenía el final feliz de una vacuna, el mundo representado allí era turbio y siniestro. «Parece un *déjà-vu*. Tengo malos presagios».

Tal vez por ver este lugar de pronto tan desolado es que me vino a la memoria aquel episodio del Lord, ese pájaro de mal agüero. Ahora ni a él ni a nosotros nos es dado entrar. Tal vez si el reverendo King aún viviera hubiese convocado a la multitud para decirle que había tenido, no un sueño, sino una pesadilla. Pero en este momento resulta que la pesadilla toca por igual a todos. Es una plaga, sí, pero una plaga democrática, aparecida justo cuando el presidente de turno tiene como slogan que va a hacer a América grande otra vez. Lo de grande no está garantizado, lo de enmascarada ya es un hecho.

SVETLANA

No sé por qué me miran con esa cara de mierda, si yo no soy culpable de lo que está sucediendo. Es cierto que odio a la humanidad y siempre estoy hablando de lo necesaria que es la eugenesia —un concepto bien antiguo, ya comentado por Platón— pero no tengo el poder de haber desatado esta catástrofe. De hecho, yo no estoy apta para morir todavía. Dispuesta sí; mas no apta. Tengo que completar mi curso de regresiones y trabajar más este asunto del desapego kármico para asegurarme que no voy a volver a este plano de confusión y sufrimiento. Es un curso *online*, como casi todo hoy en día. La gente hace compras, busca mujer o marido, pasea, se instruye, templa, por internet. ¿Por qué la metafísica se iba a quedar atrás? Lo cierto es que me tienta esta tarjetica que me ha dado la argentina que ha empezado a trabajar acá hace apenas un mes. ¿Será una manifestación de la sincronicidad universal encontrar justo lo que necesito en este momento?

Recuerdo que alguna vez eximí a los niños de mi misantropía porque entonces creía que ellos eran una tierra pura donde no se había instalado el mal. Como si fuera posible que todavía existiera una edad de la inocencia en la que vivimos confiados hasta que el mal te visita y te corrompe. ¿Cuál será esa edad límite? ¿Coincidirá en las niñas con la que tenía Lolita cuando empezó a poner en jaque al maníaco de Humbert Humbert? ¿Y en los varones estará marcada por el

momento en que Holden Caufield comienza a preguntarse
por la pérdida de su virginidad? Aunque esto de equiparar
el sexo al mal tiene sus trampas. Yo no perdí la inocencia
el mismo día que perdí la virginidad, por ejemplo. No, fue
otra cosa la que murió esa tarde en que salí a caminar sola
por aquel paraje cercano a la casa de campo, en las afueras de
San Petersburgo. Perdí el sosiego al saber que muchos de los
acontecimientos que van a ocurrir en tu vida son impuestos
por una voluntad mayor. Conocí la pesantez del cuerpo del
hombre, su propensión a la bestia. Conocí el desgarre, la
fuerza hincando en un terreno donde todo debía ser ofren-
dado y no violentado.

No teman, hoy no voy a abusar de mis chistes tétricos. Me
toca desmontar a Waldo de la pared, a quien se suponía que
dedicáramos la última actividad para pequeños psicópatas,
cancelada cuando llegó la cuarentena, y que consistiría en
encontrar el personaje vestido con rayas rojas y blancas y
un sombrero a juego con el pulóver, camuflado en rincones
diversos de la biblioteca. Ya saben, la tontada de esconder una
hoja en el bosque. «¿Todavía no saben dónde está Waldo?»,
fue lo que les pregunté ante las dudas. No les gustó el chiste.
Pero, ¿por qué no lo ven? Waldo puede ser perfectamente
ese tipo que pasea con el virus entre la multitud. Claro que
andamos ahora con los sentidos más aguzados que nunca, no
queriendo tropezar con un tipo enfermo o un portador asin-
tomático. ¿Reconoceríamos a Waldo con la máscara puesta?

Mónica, en particular, me mira desairada. Sé que esperaba
más de mí; tal vez una regeneración a partir de su estúpida
bondad de ofrecerme nueces o bolsitas de té. La primera
decepción fue cuando me dijo emocionada que aprendió

a tomar té en Cuba cuando era niña. «Té de la Madrecita Rusia». Le riposté que en Rusia no cultivábamos té, que seguramente era té de Ceilán, y que Rusia nunca había sido madre de nadie, que más bien debió haber sido una mala madrastra, o una gran hija de puta. Lo siento, pero me es importante dejarle saber que aunque la abrazara aquel día en el baño no significa que la aprecio. Se me escapó el abrazo, o tal vez la situación excepcional lo merecía. Fue un día en que noté que me faltaba el anillo de oro que siempre llevo en mi anular derecho, un regalo que me hizo mi padre cuando me gradué de bibliotecaria. Perder ese anillo era perder un enlace con mi sangre, mi ciudad, mi rastro. No tengo anillos de compromiso porque nunca me casé. Mi hija no es fruto del amor sino de una desgracia. Por eso entiendo tan bien el feminismo a lo Pussy Riot, aunque yo voy más allá. Mi odio no es solo hacia el macho, es hacia toda la especie. No siempre fue así; me radicalicé cuando el exilio me partió en dos, al llegar a este país de cultura inferior, pero donde al menos encontré un escondite. Soy una mujer triste que ríe como gozando con la impiedad, sintiendo unas ganas infinitas de vomitar sobre el plato del mundo y joderles el festín a todos. Bueno, el festín ya casi se jodió, muchachos, y no ha sido por mi culpa, aunque nos hubiese ido peor con el ébola, por ejemplo.

Tengo que hacer como si me importara cuidar la salud de todos y ponerme la mascarilla, los guantes de látex y limpiar el escritorio, el ordenador, las cajas de las películas, desinfectar los libros que sacamos del contenedor de afuera. Libros a los que debo limpiar con alcohol y a los que con gusto les acercaría un fósforo. Los de cocina y dietas que circulan tanto. Por abrumadora mayoría nuestra colección se justifica más por razones estomacales que cerebrales. El estómago y la figura, como protagonistas de la dieta South Beach, la paleo dieta, la keto dieta, la dieta de la zona, la mediterránea, la crudívora y un largo etcétera. Luego están los libros de viajes Fodor, que tanto piden quienes quieren escaparse al Báltico, a Grecia o a Costa Rica (pobres ricos que tendrán que esperar ahora a que esto pase). Con estos ejemplares solo compiten los libros para niños idiotas, esos que llevan pegatinas de colores indicando el nivel de comprensión en el que clasifican. Y así, matando gérmenes y matando el tiempo, llega a mis manos el libro del cabrón de Chopra sobre las siete claves espirituales del éxito. Me da urticaria la aceptación absurda de que el universo te ha reservado algo único. Froto la cubierta del libro con saña, se daña un poco, me ensaño. Algunas letras de la palabra «éxito» se desdibujan. Claro que el universo ha reservado para ti algo único. Y Bill Gates también, y Putin, y el Papa. Pongo más alcohol y sigo frotando. Emborracho las letras, las induzco a cirrosis, al coma. El lenguaje es el virus, Chopra es el virus; pregúntenle a la doctora Mikovits qué clase de recompensas te tienen guardadas la Big Pharma y sus grandes aliados. Mierda de mascarilla que me impide exhibir mi rictus de desdén hacia un género que se ha defraudado a sí mismo. El enemigo no salta a la vista tan fácil, mi queridísimo gurú. El éxito no estaría en pasar ilesos por la cuerda floja sino en poder mirar desde arriba y aun así no ceder a la compulsión de saltar. Nunca antes de tiempo, debería añadir. Mantente ocupado, no mires para abajo. Prepara, como Virginia, tu picadillo de merluza.

La regresión

—No tienes que pagarme ahora mismo, Svetlana. Puede ser al final, o si prefieres cada dos o tres sesiones.

¡Vaya condescendencia! Le digo que no, que prefiero estar al día y que ella debería preferirlo también.

—Si fueras al mercado a comprar algo, digamos que café, debes pagar antes de irte. Imagínate que seas tan buena con la regresión que luego yo no pueda recordar que en la vida presente te debo dinero... —le aclaro a la bruja, porque ¿qué otra cosa puede ser alguien que se anuncia en su tarjeta como «Andrea Armandini: terapias de regresión, limpiezas de aura y alineamiento de chakras»?

Lo curioso es que Andrea Armandini trabaja conmigo en la misma biblioteca y yo no suelo mantener relaciones con mis colegas de trabajo, ni adentro ni afuera. Por otro lado, me tienen sin cuidado los glúteos grandes o las tetas turgentes. Si algo me atrajo de ella fue su voz, que me hace creer que puede ser menos mala entre los malos.

—¿Has probado antes? —un escalofrío recorre mi espina dorsal al acostarme en el sofá de su apartamento—. Puedes quitarte la máscara con confianza. Creo que ninguna de las dos estamos enfermas.

Las cortinas oscuras no dejan pasar la luz. Me siento como debí sentirme en un espacio protector uterino, tan diferente del mundo. En mi cabeza resuenan sus palabras. «¿Has probado antes?». ¿A cuántos le ha preguntado lo mismo esta putona mística, con su boca de delfín hinchada por algún relleno de silicona nada espiritual? Trato de concentrarme en sus ojos, dos terrones marinos que curiosamente no están resguardados, como en la biblioteca, por los cristales de sus espejuelos. Le confieso que estoy tomando un curso *online* pero que ya me aburre un poco y últimamente no llego al final de la lección y acabo jugando al solitario.

—No te preocupes, conmigo será diferente —me persuade, tratando de ganar mi reservada confianza eslava.

Y he ahí que me pregunto si sus tetas estarán tan paradas a fuerza de implantes. A su lado me siento como una ruina; mi pecho se aplasta cuando me tiendo en el sofá al que le ha puesto una sábana que huele a gardenias.

—Voy a poner una música muy suave que ayudará a que vayas entrando en confianza. ¿Has escuchado Plantasia? Es una música que le pongo en las mañanas a mis plantas.

¡Lo que faltaba! Justo lo que no quiero es entrar en confianzas. No ves, corazón porteño, que pudiera confiarme tanto que acabaría desinflándote a mordidas esa boca, como el peor de los machos alfa que hayas conocido. ¿No ves que eres la mezcla perfecta de belleza y horror que necesito para terminar mis días de vieja insolente, perdida en la infatuación de tus pechos? Más te valiera descubrir que en una vida inmediatamente anterior fui monja o algo parecido. La música me cubre como una sábana. Su voz avanza sobre un solo de flauta y me cosquillea en los oídos. Al parecer fui bastante dócil con sus sugestiones de cuerpo que flota y párpados que pesan porque en algún momento perdí eso que llaman noción del espacio y ya no sabía si estaba tendida en la arena de una playa o en algún confín del éter. Pero sí recuerdo ese punto exacto en que comenzó a mencionar una sarta de llamativas rarezas.

—Tu linaje se entronca con el del mismísimo Gengis Khan. Eres un alma muy vieja, siempre acostumbrada a una vida con lujos. Estuviste muy cerca de gente con poder y eras influyente, lo mismo cuando viniste como hombre que como mujer. Parece que los paisajes fríos eran una constante en ti. No veo tu alma ni una sola vez en los trópicos.

Eso último no me asombra. Me puedo dar hasta tres duchas al día; el calor y la humedad del pantano de Miami me matan.

—Sin embargo, veo que por momentos casi moriste helada. ¿Lo puedes sentir? ¿Un frío mortal que casi te congela? Ves, estás temblando... Te taparé con una manta.

Pudiera estar temblando de frío o del recuerdo de un deseo escurrido en alguna vida pasada. Temblar de una emoción postergada. Temblar por el mismo temblor. Pero sí, siento frío y siento también el peso de la manta sobre mi cuerpo abandonado al sofá de las vanidades.

—En esa vida anterior fuiste grande, pero viniste a menos.

Lo típico, pensé. Casi nadie viene a más.

—Una revuelta social, una pérdida de fortuna. Tenías un nombre corto y común. Te veo con una pluma y papel en la mano. Fuiste famosa y pobre, qué contradicción, no entiendo bien... Veo carteles por las calles, carteles que te dan la bienvenida a algo, se rendían ante ti por alguna razón que tal vez tuviese que ver con esa pluma que veo en tu mano... Espera, deja ver si veo qué dicen los carteles... ¿Te suena el nombre Ana?

Claro que me suena el nombre Ana. Era leyenda en mi familia que una de mis tías heredó un vestido oscuro, ya raído, con el que Ana de las Dos Rusias se presentó a leer en algún homenaje, de los que le hicieron en vida y que alternaron con largos silencios, pesadumbres y censura. No sé a dónde fue a parar ese trapo. Me gustaría tenerlo ahora y probármelo, a ver si enfundado en mi cuerpo logro sentirme como si yo fuese una encarnación de la Ajmátova. Pienso que tal vez yo no sea la única que está tomando el pelo aquí. No puede ser que sentada en un sofá cualquiera yo descubra, entrando en el ocaso de mi vida, que tal vez esa rabia que siento contra el género humano venga de vidas anteriores a esta, y en particular de una vida tan especialmente trágica. Pero al menos su tragedia tiene luz. Más de un soldado escribió de memoria algunos de sus versos en la corteza de los abedules como conjuro contra la muerte.

—Ana, Ana... —repito como en susurros—. ¿Por qué me aplauden si luego querrán sacarme los ojos?

—Trata de recordar algo de ese tiempo. Algo hay dentro de ti que no has olvidado...

—No puedo recordar más que palabras aisladas...

—Esas palabras son importantes, Ana. ¿Qué recuerdas?

Creo que iba a balbucear algo, pero sin saber por qué o cuándo, rompí a llorar. Siempre que llora Ana, llora Svetlana, pudiera decirse en un comercial que promocionara una variedad de servilletas para soplarse la nariz o secarse las lágrimas. No sé qué creer: esta mujer puede ser una impostora pero tengo entendido que sus lecturas no llegan hasta los acmeístas rusos. Entonces, ¿será mejor seguirle la corriente? No estoy dispuesta a renunciar tan fácil a su voz apaciguadora y al resguardo de este sofá donde distenderme. Huele poderosamente a mujer en esta habitación. No sé si es Ana o Andrea Armandini. Pudiera dirigirme a Andrea como si fuera la Ajmátova hablándole a algunos de sus amores mujeres, tal vez la bella Olga, la bailarina. Varias veces me sorprendí aletargada, contemplando la hermosa fotografía donde están sentadas una junto a la otra, tomada probablemente cuando compartían el amor de Lourie, el músico. Pero algo dentro de mí me dice que debo mantener mi vida afectiva muy en privado. Puedo mezclar a Ana conmigo, pero no a Svetlana con mis colegas de trabajo. ¿Cómo lograr entonces un término medio? A través de la simulación, quizás. Puedo mencionarle a mi hipnotista, otro trío amoroso que sostuvo Ana con Nikolái Punin y su mujer. Tal vez así pudo aliviar la extrema tensión que era vivir en un mundo de hombres que planean persecuciones, fusilamientos y otros horrores. ¿Le diré que unos soldados usaron los dibujos que le hiciera Modigliani, su amante italiano, como papel de fumar? Un ejemplo simple, casi anodino comparado con todo lo que vivió. De todo ello lo peor era la pobreza, no tener que llevarse a la boca, ni con qué calentarse el cuerpo.

—El único recurso contra ese frío era el beso, el abrazo que podías darme. Te siento cerca, mi bella Olga. ¿Dónde estás, alma de mi alma?

El ruido de un avión es el detonante para salir del ensueño. Miami es una ciudad que ha crecido alrededor de un puerto aéreo, como San Petersburgo creció a partir de la voluntad imperial de Pedro el Grande, quien lo mismo construía barcos que extraía dientes, y se preciaba de las ampollas que tenía en las manos. Todo lo contrario a nuestro director, el pazguato Mr. Kipper, el zar de la biblioteca, que apenas puede levantar el teléfono cuando le transferimos una llamada.

Me incorporo y la veo frente a mí, con una media sonrisa en sus labios hipertrofiados. Es la bella y la bestia en un solo cuerpo, pero sus ojos tienen toda la calma que permite que un ser dolido sobreviva al tiempo, aún al más duro de los tiempos por vivir.

—¿Te sientes bien? —me pregunta mientras me revisa las pupilas porque suele pasar que se dilaten demasiado—. Voy a hacer un café y me cuentas si es que recuerdas algo.

—Sí, claro. Un café nunca viene mal, Ana. Digo, Andrea... Disculpa, estoy un poco mareada.

—No hay nada que un buen café no cure —me asegura luego de invitarme con un gesto a acercarme a la pequeña cocina, que aparece al descorrer una mampara con motivos chinescos. Hay algo muy teatral en su mundo, y eso, lejos de alarmarme, me hace sentir confiada. No me atrevo a preguntarle quién puso sus labios en los míos, ni siquiera estoy segura de que todo fue un invento de mi imaginación. Esta tarde, entre estas paredes, lo único que sabe a verdad es este café.

Andrea

Las cosas que hay que hacer para sobrevivir cuando pasas de los cuarenta en este gran país... Menos mal que he resuelto por mediación de un antiguo amante este trabajito en la biblioteca. Un trabajo monótono, pero bastante seguro, mientras el erario permita. Por un tiempo viví de mi clientela en la tienda Shambala, a donde me llamaban para hacer registros de auras, consultas metafísicas y hasta lecturas del *I Ching*. Los fines de semana me ganaba el pan con el vientre. Tomé clases de *belly dance* por internet, y luego de hacerme una pequeña liposucción en la barriga y ponerme un piercing en el ombligo, empecé a brillar. Si buscas mis videos en las redes me verás moviendo estas caderas y estas nalgas en las que no he tenido que retocar nada.

Las sayas y corpiños breves que me hacía yo misma, con un estilo entre gitana y bailarina de katakali, dejaban sin aliento a los asiduos al paseo del Bayside. Para entonces ya no tenía un hombre al lado que me prohibiera hacer esto o aquello con mi vida. Porque marido, lo que es marido, me he abstenido de tener por un tiempo para concentrarme en lo que creía entonces que era mi carrera. No me gusta tener un hombre todo el tiempo en la intimidad de mi hogar, menos ahora que los años comienzan a dejar sus marquitas. Primero las patas de gallina que hay que atenuar con bótox, luego levantar un poco de pecho, aunque he preferido que no abulte, sino que las miradas se corran hacia los predios de mi cintura. No me complace que sean testigos de cuándo o cómo me tiño, buscando este castaño miel de mi pelo, ni mucho menos inhibirme de untarme mis adoradas mascarillas faciales de avena y pepino.

Mira, por ejemplo, este video. Los naranjas y violetas de mi saya contrastan con la blancura de mi vientre. Nací en Mar del Plata, pero mi sangre es cincuenta por ciento italiana y otro tanto rumana. No importa que no sepas donde está Argentina, o que Italia no te suene a otra cosa que a un buen equipo de futbol, y tal vez Rumania apenas te haga pensar en Drácula. Me tomaba algún tiempo ponerme todos los ensartes de cascabeles y brazaletes con los que salía a escena. Por escena, quiero decir, el piso de cemento del paseo al aire libre donde me habían dado el permiso para mis presentaciones. Me gustaba mucho bailar con la música de fondo de Transglobal Underground. Siempre sentí una admiración especial por la voz y la presencia escénica de la cantante Natacha Atlas. Si hay una mujer a la que quería parecerme era a ella, con sus rizos oscuros, sus gangarrias, esa mezcla divina de egipcia y belga que la hace única.

Mala suerte la mía que di con el tipo incorrecto para rellenarme los labios. No llegó a ser el criminal del doctor Cemento, pero tampoco fue muy profesional. Destruyó mi imagen, y lo peor es que no pude demandarlo pues en esos días murió en un accidente de carro y no hubo reclamación posible. Las cosas de la vida... Hasta dejé de bailar, los cascabeles enmudecieron. La danza era para mí una ofrenda a la vida. Me dejaba ir, me entregaba, y a la vez me cargaba de una energía poderosa. ¿Qué queda de todo ello? Un montón de ropa exótica en el closet, un manojo de fotografías y algunos videos. Tuve que reinventarme, primero como cajera de un supermercado y ahora como asistente en una biblioteca. Leer no ha sido nunca mi fuerte, aunque tampoco soy absolutamente analfabeta.

Me he dejado orientar un poco por Svetlana, pero he comprobado que cuando me recomienda un libro y luego de leerlo le comento, ella recuerda detalles en los que yo no he reparado, y al revés. Por ejemplo, cuando me aseguró que por ser argentina todo el mundo esperaba que me leyera al ciego Borges, que por cierto también fue bibliotecario, lo leí hasta donde pude. Todavía creo que me gusta más el Aleph de Paulo Coelho que el de mi compatriota. De sus historias borraría todas menos «Ulrica». Me identifiqué con esa mujer misteriosa, feminista y aventurera, capaz de decir una frase letal como «Siempre es una palabra que no está permitida a los hombres». También me emociona mucho su soneto al gato. A partir de mi extraña amistad con Svetlana he comenzado a coleccionar poemas de gatos y fotografías de escritores con sus adorables musas o musos. Tengo varias que adoro: una de ese demente llamado Bukowski; otra de Cocteau con esa cara suya que le mete miedo al susto, pero donde tiene cargado a un hermoso y expresivo siamés. Tengo otra de Hemingway, a quien no he leído, pero sé que tuvo una casa en Key West y que era un gran bebedor y gozador de la vida hasta que algo se le atrofió —las malas lenguas dicen que fue un asunto de impotencia sexual— y no pudo superarlo. Imagínate si cuando me pasó lo de la boca, a mí me hubiese dado por pensar que era el fin… Lo más que puedo pensar es en hacer un poco de plata con las terapias y arreglármela de vuelta. Pero no es tan simple: la gente se ha vuelto incrédula, además de que muy pocos saben lo que es un chakra. Un chancro sifilítico tal vez. Prefieren un babalao, jugar la lotto, ir a los micosukis. Hay ya demasiado horror en el mundo y para creer en lo inmaterial se necesita una mínima dosis de ingenuidad. La metafísica de la gente común se consume en esa zona de misterio que es probar suerte con un raspadito.

Volviendo a los gatos: he puesto en mi refrigerador una imagen de Cortázar con su gato, que está para comérselo. De ese casi argentino Svetlana me dio a leer *Rayuela*, pero no pude terminarla. Me hubiese encantado tener un amor así, para pasear por los puentes de París e ir a ver a los peces que cuelgan. Escribía bonito ese condenado, aunque hay muchas cosas en el libro que no entiendo. Lo que pasa es que justo cuando leo el séptimo capítulo recuerdo el mal paso que di. No hay una vez que no lo relea que no acabe llorando: «Toco tu boca, con un dedo, toco el borde de tu boca, voy dibujándola como si saliera de mi mano... ». Es bellísimo lo que escribe Cortázar de La Maga, ese personaje que dice haber sido violada por un negro cuando era una jovencita. Casi nadie recuerda esto que refiere La Maga, como si haber sido violada por una enorme verga negra le impidiera ser el personaje arrebatadoramente lírico que es. Ni Svetlana, gran lectora, lo recuerda. Bueno, yo creo que en materia de violaciones solo recuerda la suya. Es lo que me han contado en la biblioteca. Que por eso se avergüenza de su hija. Mira tú, yo quisiera tener una hija o un hijo, aunque fuese producto de una violación. La Maga tiene algo que la Ulrica de Borges, tan majestuosa, nunca tendrá. Es de una humanidad mundana y lunar a un tiempo. Me encantaría hacerles las cartas astrales, si es que los personajes literarios pudieran tener mapas astrológicos. La Maga debe ser Libra como yo. Dicen que somos las mujeres más bellas del zodíaco. En mi caso ya eso no vale porque la mala suerte se empeñó en arruinar mi vocación y me ha confinado a esa abadía de gente excéntrica y libros polvorientos.

Tal vez lo de la boca no fue más que un pretexto para haber depuesto mi sueño de artista callejera. Pero en vez de ese doctor malnacido, pudieron ser los años quienes se hubiesen encargado de avisarme que había que poner el punto final. Hablando de final, ya casi tengo que regresar a trabajar. ¡Qué rápido se ha ido esta hora de almuerzo! No te preocupes, en breve ya estarás con los tuyos. ¿Quieres llevarles un par de vasos de café? Ok, solo uno. Ya sé que tus hermanas no toman café. ¿Empanadas argentinas? A ver, déjame decírtelo en inglés para que me entiendas, porque de todo lo que te he dicho antes sé que no has entendido nada. Pero sonreís y escuchás de una manera divina. No tengo manera de agradecerte lo mucho que me reconforta que aceptes ser mi compañía un día a la semana. Curiosamente no hueles tan mal, porque lo que son tus hermanas... Pues sí, my dear, would you like to take some Argentinian empanadas for your family? Las cosas que tienes que hacer para burlar al tedio por unos momentos, ¿no? Sonríes como un ángel, tomas la bolsa de papel y te dejas conducir de vuelta a tu clan entrañable, no sin antes enfundarnos las máscaras, que nos permiten quitarnos para comer y beber sentados a convenientes pasos de otros humanos, regidos por esa ley que llaman de «distanciamiento social», y que tú y yo rompemos por unos momentos, cuando nos relacionamos más allá del miedo, de las castas, de la mascarada.

Por cierto, hay una copia de un hombre negro con un gato que puse en un costado del refrigerador. El modelo se llama Thomas y el gato, si mal no recuerdo, Amo, o Amor, o algo parecido. La recorté de un libro que me regaló la rusa; tal vez la idea me vino por ver que ya ella le había arrancado una página, sabrá dios por qué. El libro aclara que el fotógrafo murió de sida; ya sabes lo trágica que es la vida a veces. La puse junto a las otras de escritores, aunque este modelo negro sea un perfecto desconocido. Pero es que me parece una hermosa foto, con mucho contraste. El muchacho es todo músculo, más o menos como tú, que a pesar de comer tan mal, te ves muy atlético. Y carga con un gato suave, probablemente dorado si la fotografía tuviese color. A veces pienso que si en vez de una aburrida empleada de biblioteca fuera fotógrafa, pudiera ocuparme de perpetuar cuerpos tan hermosos como el de ese hombre o como el tuyo. Sigues sin entender. ¡Qué bueno! ¿Te dejarías fotografiar por mí, muchacho hermoso? ¿Cuántos cafés o empanadas tendría que darte por la gracia de concederme una buena sesión de desnudos?

Rochelle

Con la pérdida de la casa se esfumaron también las ropas y las fotografías con las que podíamos mostrar a otros cómo lucíamos antes. Ahora nos vestimos con lo que nos dan en el programa: pantalones, botas y sweaters. Eso sí, solo aceptamos que sean de color negro, como las panteras que somos. Solo mi hermano, que es demasiado caluroso, a veces se queda en camiseta y se cuelga el sweater a la cintura. Hace un rato se fue con la bibliotecaria de los ojos bonitos a ese paseo que dan los jueves a la hora del almuerzo, y de donde regresa con dulces, frutas, o alguna otra cosa para sorprendernos. La mujer es muy educada y le da las gracias a nuestra madre por el préstamo. Cuando le preguntamos a Seth sobre qué han hecho en esa hora, nos responde que siempre hacen lo mismo. Ella habla y habla, y él escucha sin entender. Comen algo ligero y toman café. Ella pide el suyo más fuerte, y aunque Seth no entiende nada de lo que dice, sí puede darse cuenta de que tiene una gran necesidad de ser escuchada. Madre le preguntó el otro día si ella lo ha mirado de una manera especial a los ojos, o a la boca, o a ese pecho que se encarga de mantener en forma en los aparatos del parque que hay frente a la biblioteca. El ríe y los ojos se le alargan más, lo que lo hace mucho más atractivo. Nosotras tenemos ojos y bocas más redondas, pero el rostro de Seth tiene líneas y contornos más afilados. Un rostro como egipcio, según he podido ver en esos libros de gran tamaño que solo pueden usarse dentro de esta sala.

Tal vez de tanto escucharla, él acabe por comprender cuál es su mundo, sus temores, sus quejas. Dice que hay momentos en que los ojos le brillan mucho y puede entender que está hablando de alguna alegría pasada. Son muy expresivos sus ojos, ha notado Seth. Sonreír le es difícil pues pareciera que un animal le ha mordido la boca y se le ha hinchado, por eso le favorece llevarla cubierta. Dice Madre que su cara es el resultado de dos b: el bisturí y el bótox. Espero que al menos los ojos sean naturales. No creo que haya lentes que puedan igualar un cielo tan calmado.

Madre no deja de leer esas novelas de corte fantástico. Será por eso por lo que siempre se ve tan joven, a no ser porque algunos dientes ya se le han comenzado a picar. Una de las bibliotecarias le ha sugerido que escriba una novela de su vida —como Kiki Swinson, le dijo—, con la cual pudiera tener tanta suerte como la de esa mujer, que pasó de convicta a escritora prolífica. Pero Madre dice que esas novelas no le interesan, que son de negros que quieren vivir de ser negros. Madre es una mujer muy exigente. Yo en general no leo más que novelas ilustradas estilo manga, de las que me gusta reproducir sus dibujos y rellenarlos con color. Por eso no es extraño que me emocione con ese anuncio que veo en un papel impreso con grandes letras. Es una convocatoria para inscribirse en un taller para adolescentes que quieren crear sus propias historietas. Enseguida pregunto qué debo hacer para inscribirme. Para mi no grata sorpresa me responden que ya han completado la matrícula, que el curso será estrictamente *online* y que me avisarán si alguien falla. Intuyo que es una excusa, adivino que no me van a llamar. Estamos acostumbrados a que nos den excusas todo el tiempo para dejarnos fuera. Sin embargo, ese incidente es la causa de que una de las bibliotecarias pareciera fijarse en mi existencia.

—¿Sabes dibujar? Porque es requisito en ese taller saber dibujar.

Doy media vuelta, voy hasta mi mochila y saco un bulto de papeles un tanto ajados. Le muestro lo que considero dibujos perfectos, pero parece que ella no piensa igual.

—Niña mía, ¿cuál es tu nombre? Rochelle... ¿por qué dibujas estos estúpidos personajes que parecen seres clonados? Esas caras y boquitas de manzana, esas melenas frondosas, esos ojos hipertrofiados...

—¿Si les hubiese dado color le gustarían? —le pregunto—. Es que no tengo crayolas...

—Cuando se quiere dar color, cualquier cosa ayuda: tu sangre menstrual, fango, un poco de mostaza. Si quieres lograr algo, lo primero que debes aprender es a no dejarte detener ante los obstáculos. ¿Habrás leído eso en alguna parte, no?

Le digo que no soy como mi madre que lee libros «de verdad», que a mí el mundo me entra más por las imágenes.

—Imágenes... ok, vamos a empezar por ahí. Voy a tener que enseñarte un par de cosas. ¿Quieres dar un curso conmigo? No tendrás ni siquiera que inscribirte y será absolutamente gratis. ¿Qué dices a esto?

Acordamos que debo consultarlo con mi madre, pero la verdad es que todavía hay mucha frustración en mí. Tiene que ver con este sentimiento real de no ser aceptada en ninguna parte. No crean que en la escuela era muy distinto. Tuve que volverme una guerrera contra el *bullying*; claro, con mis propias armas, hasta que Madre nos sacó de ahí para intentar convertirnos en «niños prodigio», capaces de generar dinero, plan que evidentemente no ha dado frutos. La bibliotecaria ríe de una manera extraña y le salen chispitas por los ojos. Me da un poco de miedo y vuelvo al lado de mi hermana, que está sentada en una de esas butacas que tienen una mesa de centro al frente.

Desde ahí nunca vemos a Madre, que prefiere estar cerca de una de las ventanas que dan al jardín. Se arrellana en un sillón idéntico a este, se echa la manta de retazos sobre las piernas y se pone a leer. Rara vez pide una computadora portátil. Prefiere leer esos libros que tienen mujeres hermosas en la portada, blanden espadas adornadas con flores de lis y se acompañan de un ave Fénix u otro animal exótico. «Este es mi televisor», acostumbra a decir de su ventana preferida. Hay momentos en que su televisor se llena de una neblina a causa del aire acondicionado que transpira sobre el cristal, y supongo que mire hacia afuera y la atmósfera que ve se le parezca a las regiones ideales donde transcurren esas historias. Bosques nórdicos o suecos, paisajes bucólicos de Irlanda, tierras fantásticas donde los unicornios están satos y lo extraordinario es la normalidad. Escucho a Aisha muerta de risa con alguna de esas series que la arrebatan. Creo que ahora mismo está enganchada con la de los nerds que se enamoran entre ellos y cometen las torpezas más asombrosas.

Todavía queda un rato para que vayamos afuera a buscar algo de comer. Me dan ganas de dar una vuelta por el jardín y salgo. Miro las frutillas en el piso; son uvas silvestres, de esas que abundan en las costas. Las flores atraen a las mari-

posas que pueden beber del cuenco de hojalata, que redun-
dantemente tiene forma de flor. Frente a mí un banyan, de
los varios que hay aquí y que esconden entre sus intersticios
unas cuevas vegetales. Miro entre sus recovecos y descubro
un objeto azul, de aspecto metálico. Me acerco más y compruebo que es una bicicleta escondida o abandonada a su
suerte. Escucho algo que se mueve adentro del árbol, pienso
inmediatamente que debe ser un animal. Por detrás de la
bicicleta aparece un hombre viejo, de pelo bastante canoso,
vestido con ropas que parecen quedarle muy grandes. Pasado
el asombro, le pregunto si la bicicleta es suya, y me dice que
algo es tuyo en la medida en que lo uses en esta vida, o sea, su
respuesta es ambigua. Me concentro en su cara cuadriculada
por las arrugas, sus ojitos azules escondidos tras unos párpados caídos, la barba con visos amarillentos. Le pregunto sin
pensarlo mucho que si me dejaría dibujarlo.

Como veo que está de acuerdo en quedarse tranquilo
frente a mí, le ruego que me espere para traer papel y lápiz.

No me toma mucho tiempo ir a hurgar en mi mochila
y regresar, pero no encuentro al viejo por todo el jardín.
Me digo que tal vez aparezca mientras lo estoy dibujando,
teniendo como guía la memoria. Empiezo como siempre por
los ojos, luego la nariz, los pómulos nada pronunciados. Con
el mismo lápiz trato de conseguir un poco de claroscuro en
lo que creo un ejercicio de verosimilitud. ¡Qué pena que él
no esté por todo esto para poder comparar cuán bien o cuán
mal lo he hecho!

Entro a ver a la señora rusa, pero no la encuentro. Pregunto por ella al director de la biblioteca, que está ahora en
el mostrador de referencia. Noto que le rompo su momento

de especial consagración a las menudencias de la familia real de turno. Me pregunta que si he notado cuánto ha crecido en los últimos tiempos el benjamín del presidente. Él debió notar mi falta de entusiasmo por la elongación del retoño y me mira con cierta perplejidad. La señora Svetlana está en su horario de almuerzo, me deja saber. Le pido entonces que por favor le deje el papel que tengo en la mano.

Él lo agarra como si temiera que le fuese a saltar una cucaracha a la cara.

—¿De dónde has sacado esto? —inquiere mientras se ajusta un poco más los espejuelos.

Le cuento de mi paseo por el jardín y el descubrimiento del banyan, la bicicleta y el viejo, todo en un mismo paquete.

—¿Hablas de la bicicleta forrada de cinta adhesiva azul, que tiene una bolsa de nylon amarrada al asiento? Perfectamente que he podido mandarla a retirar, pero prefiero que se quede ahí en memoria de Mr. Bradford. El jardín y la biblioteca fueron su última casa. En ese jardín lo encontraron muerto y no fue enterrado ahí mismo porque las normas no lo hubiesen permitido. Pero hasta donde mi memoria alcanza, ustedes aparecieron después de que él falleciera. Hay algo acá que no concuerda, niña. No puede ser que hayas estado hablando con un difunto...

—No se preocupe —le digo al señor para tranquilizarlo—. Dice mi familia que yo tengo mucha imaginación. Esperaré sentada a que venga la señora rusa.

Y ahí lo dejo circunspecto, calibrando estaturas de famosos, devolviendo al olvido la irrupción de un muerto sin heráldica ni brillo, cuyo fugaz recuerdo acabará oxidándose como la bicicleta azul, metida en un útero vegetal y cavernario. Gente de las cavernas somos ese fantasmal Bradford, mi familia, yo... Por suerte nuestra presencia en la tierra no podrá nunca deslucir el consumado brillo de los mortales distinguidos con ribetes dorados, que tanto interesan a la prensa y a los ávidos lectores como él.

Svetlana

Ted, Ted, nombre de oso. He soñado otra vez con Ted, pero esta vez él estaba de visita en mi casa, y aunque yo podía reconocerme en el sueño, mi vida se parecía más a la de Sherri Wood, un nombre que debe haberle sonado fantástico al terrorista ecológico, hacedor de inusuales bombas de madera. Yo encarnaba a esa bibliotecaria rendida a los pies de un tipo raro, que vivía en una cabaña miserable y comía de los conejos y las ardillas que cazaba. Pero seguro que no había para ella un hombre más atractivo que aquel que venía con su bicicleta a recoger los libros que le había reservado. Cuando fue detenido, hubo varios curiosos que quisieron saber qué leía la bestia ilustrada. Y Sherri Wood no quiso decir, no dijo. Los bibliotecarios tenemos nuestra propia versión del juramento de Hipócrates. También el supuesto escritor freelance que apareció un día, tras la pista de Ted, calló su verdadera historia. Dijo que venía a hacer un reporte sobre una mina que operaba en Lincoln. Consultó mapas, publicaciones, pero no era más que un agente del FBI camuflado. Supongo que desde ese momento el grado de desconfianza hacia el género humano de esa bibliotecaria se perpetuó en su conciencia.

Claro que sé bien por qué he invocado al ya casi olvidado Unabomber: la aparición del *homo intrigantis* que dice venir a inventariar las piezas importantes que tenemos. La mayoría son muebles y cuadros donados a la biblioteca por la viuda del fundador de esta ciudad. También está la réplica de un barco, con sus velas ya un poco amarillentas, que me hace recordar el hermoso galeón que contemplaba cada día en la biblioteca imperial donde trabajaba en mi país. Preguntó por el director y en lo que este aparecía, me contó que se había instalado recientemente en Miami, luego de una ausencia de unos cuantos años, y que le sorprendió lo mucho que ha crecido y encarecido esta ciudad. Pude ver cuánto hubiese deseado mi querida Andrea haberlo atendido ella. No le quitaba los ojos de encima y hasta me interrumpió por cualquier motivo para hacerse notar.

Pero yo con los años me he vuelto paranoica y descreída. ¿Qué estará buscando aquí si no es registrar, inventariar? Pues no lo sé, como tampoco supo entonces la ingenua Sherri Wood que trataba con un criminal y luego con un investigador, en medio de aquel lugar donde cabeceaban los libros en postura vertical, como cirios apagados, a la espera que un lector los encendiera. Tampoco me importa que sea un hombre de hermoso cutis bronceado, pelo entrecano y adorable perfil. En todo caso prefiero la apariencia de Ted Kaczinsky, más cercana a la de un guardabosques o a un forajido. Prefiero que la naturaleza bestial se corresponda con el exterior hirsuto. Lo tengo claro: más o menos sofisticado el estuche, lo que guardan para ti es un pene, a fin de cuentas. Que sea sable o cuchillo es lo de menos; se trata de un arma que no busca tu paz sino tu humillación a cambio de que lo adores y te anules.

—Bienvenido a esta biblioteca, David Tramontano. Espero que aquí encuentre todo lo que necesita y más. Mr. Kipper lo espera en esa oficina, a la derecha —le anuncio con una sonrisa fingida, pero que igual agradece antes de perderse de mi vista.

«Lo que sea, sonará», me digo y me pongo a jugar al solitario en la pantalla.

En el refectorio

—Te he traído los papeles impresos que me diste —me dice Andrea, devolviéndome el fragmento de la novela que tengo escrita hasta hoy.

—¿Y qué te ha parecido? —le pregunto, pero intuyo de antemano por su tono que no le ha parecido gran cosa.

Hemos coincidido en el comedor, cada una frente a su almuerzo. El de ella, una fabulosa crema de hongos; el mío, apenas un sándwich de queso y dos lascas de tomate.

—Si quieres saber si apruebo el retrato que has hecho de mí, pues no está tan mal. Aciertas en mis lagunas de conocimiento, eso me queda claro. Soy en tu ficción la estampa de la antibibliotecaria. Sabes que no he leído lo que tú. Me interesa la salud femenina, el Ayurveda, los libros que te hacen conocer mejor tu cuerpo y cuidarlo un poco más. De la televisión veo solo documentales de posibles lugares a donde me gustaría llevar este cuerpo antes de que se deshilache, entre ellos el parque de Yellowstone, la vieja ciudad de Oporto o la mítica Casablanca de Marruecos. La Casa Blanca de acá me importa un rábano. Pues volviendo a tu escrito: me llama la atención que todos los personajes hablen con un lenguaje tan elevado. No hay diferenciaciones entre una adolescente afroamericana homeless, una bibliotecaria rusa medio psicópata y una dulce argentina ninfómana —se da cuenta que estoy por interrumpirla, pero me deja saber con un gesto que necesita continuar—. No creas que estoy molesta por la manera en que me has representado. Pero al menos pudiste cambiarme el nombre, igual que hiciste con mi adicción al mate cebado, poniéndome como adicta al café. ¿Me alcanzas la sal, por favor?

—¿Lo que me quieres decir es que no hay verosimilitud en el lenguaje de los personajes? ¿Que la voz autoral engulle a los pretendidos narradores sin mucho interés en la particularización?

—Eso lo has dicho tú. Yo lo que creo, más allá de verosimilitudes o voz autoral, que debieras proponerte escribir otra cosa. No es que no sepas hacerlo, es que apuntas a donde no es. Si yo fuera tú, cambiaría radicalmente el tema y el contexto.

—Me interesa eso. A ver, ¿sobre qué me recomiendas escribir? ¿Un libro de autoayuda para mujeres abusadas? ¿O uno de esos que te proponen recitar mantras ante cada objeto que se te extravía, o antes de encender el carro en la mañana?

—No, otra cosa mucho mejor. Bueno, si es que quieres que realmente compren tus libros y no acabar tus días marchitándote en una biblioteca, aguantándole pesadeces a jefes y a usuarios.

—Mujer, desembucha. Mira, si me das una idea genial que me lleve a ganar algún dinero, te prometo que te invitaré a esa ciudad vieja, ¿cómo se llama, Coimbra? O nos iremos al Cañón del Colorado en tren, o a visitar los coffeeshops de Amsterdam...

Andrea baja la voz por si acaso, aunque siempre he oído decir que aquí las cámaras no graban los sonidos.

—Escribe algo más picante, mujer. Escribe de sexo, eso sí vende. Vete a Pussy Cat, o a cualquier otro antro de esos y recoge historias entre las strippers.

Me río tanto que casi me atoro con el sándwich. ¿Escribir historias picantes? Yo que casi siempre he acabado enamorándome de hombres con poca propensión a coger. Hombres casi asexuados, intelectualoides, con penes penosos... Será porque yo no tenía mucho más que darles que mi propensión a pensar y un cuerpo muy poco voluptuoso. En cambio, si miro las caderas de mi colega... Se le desparraman de la silla. Estoy segura de que en su trasero lechoso pudiera pintarse con toda amplitud un soberbio paisaje, hendido en las nalgas como si un desfiladero abrupto o el cauce de un río ya seco las escindiera.

—Si quieres el éxito, tienes que saberlo llamar. No creas que yo no he hecho mi poco de marketing. Nunca vendí mi cuerpo, pero sí mi arte. No te he enseñado mis videos, tal vez sea hora de que los mires, los revises, como si fueran libros. La gente hoy en día quiere estar rodeada de cosas agradables. Yo estudio lo que la gente quiere y se lo doy. Buenas vibras, sensualidad, música, color. Búscame en internet y luego me dirás.

Mientras termina la frase, escribe algo en un trozo de papel: «Andrea's Magical World».

—Ok, lo buscaré. Pero dime algo, ¿irías conmigo a Pussy Cat?

—No tendría inconveniente en ir contigo a Pussy Cat o a cualquier otro antro de esos, pero debo decirte que me dan tristeza las mujeres que tienen que desnudarse en público para ganarse la vida. Aunque tendremos que esperar a que la pandemia termine porque lo más seguro es que los gogós no estén abiertos. No soy mojigata, pero creo que toda mujer debería saber que está llamada a ser una diosa y no una criatura hecha para servir a los antojos del hombre.

—Pero mujer, si tú haces con tu vida lo que te viene en gana. No tienes marido ni hijos. Apenas una gata muy poco exigente, según me has dicho.

—Eso es ahora. No te he contado que estuve casada unos doce años. No me da pena reconocer que era mucho más inteligente que yo, más preparado, y ante mis ojos era la personificación de la belleza masculina. Lo que se dice un Adonis, pero a pesar de mi absoluta fidelidad en esos años, no hubo un solo día en que no me llamara puta. Unas veces sonriendo, otras halándome por el pelo y obligándome a confesarle cosas que de algún modo le hacían sentir seguro. Me llamó puta mientras me besaba, cuando comíamos juntos, o cuando me cogía. Los maltratos físicos fueron haciéndose un hábito, sobre todo mientras se enganchaba más y más al perico. Hubo días en que no pude ir a trabajar por los moretones tan visibles. Resistí quemaduras de cigarros, una mancuerna de ocho libras lanzada a la cabeza y que por suerte pude esquivar, una muñeca fracturada una noche en que me tiró al piso, algunas ropas rotas porque le parecían muy provocativas... en fin. Fue difícil separarnos porque al parecer estuve padeciendo eso que llaman «maltrátame, pero no me dejes». Solo cuando aborté al que podía haber sido mi primer y único hijo, luego de una discusión muy intensa, decidí desaparecer sin dejar rastro. Me puse en manos de un programa para mujeres abusadas y a él le restringieron acercarse a mí.

—Me alegro de que a pesar de todo no te haya pasado como a Svetlana, que acabó odiando a los hombres —le digo a modo de consuelo.

— ¿Odiar? No, no acabé odiándolos, pero si no hubiese sido por todo lo que hice para reconstruirme, sin descontar, como bien puedes notar, la reconstrucción de algunas partes de mi propio cuerpo, hubiese acabado maldiciendo el haber nacido mujer. Me propuse todo lo contrario, gracias a una buena amiga que no solo me brindó refugio, sino también largas conversaciones que me funcionaron como terapias para recuperar mi autoestima. Oh, casi se me acaba el tiempo... Debo regresar al interior del convento, Sor Mónica. ¿Te has fijado que tu nombre se parece a monja, a monk, a monasterio? No te olvides de mirar los videos y luego dime si te dicen algo.

—Los veré, Sor Armandini, los veré. Si son un poquito porno, tal vez me den algunas ideas para cambiar mi modo de escribir.

—Depende lo que llames porno. Para mí son videos mágicos, al menos inducen a ver el mundo con otros ojos. Ojos no ordinarios. Tal vez porque mi vientre no fecundó me gusta hacerlo bailar, saberlo vivo. ¿Sabes que en principio las danzas del vientre estaban asociadas a los rituales de fertilidad y al parto?

—No, no sé nada de eso —tengo que reconocer.

El tiempo del almuerzo se termina. Nos despedimos con el mismo chiste de siempre:

—Salgamos del refectorio, hermana Mónica.

—Amén —respondo mientras boto mi servilleta en la basura.

El vigilante

Les digo que pocas veces he visto un culo más despampanante en mi vida. Si fuese una actriz porno tendrían que balancear su figura con un ejemplar que tuviese unas pulgadas extra de pinga, de esas que aparecen en las promociones de gel para alargar los miembros. Por suerte yo no necesito ningún tratamiento de esos. Con lo que tengo he engendrado un pelirrojo por un lado y una linda trigueña por otro. Me he casado dos veces, pero las mayores oportunidades de probar mi virilidad las tuve en las misiones en el Army. Cuando eres soldado te puede pasar perfectamente lo que a mí: dejar a un bebé amamantando en brazos de la madre, y al regreso encontrarlo caminando por toda la casa. Yo estaba de servicio y serví. Siempre sobresaliente, como soldado y como hombre. La cosa se me complicó un poquito en Bosnia.

Allí es costumbre entre muchas familias casar a las niñas cuando cumplen los trece años. Las bodas se arreglan entre los parientes procurando empatarlas con hombres ya mayores, en su mayoría viudos. Con la guerra siempre ocurre que faltan hombres y sobran mujeres. Puede pasar que estos hombres cuatripliquen la edad de esas criaturas. A la espera de una de estas bodas arregladas estaba Naida. Cuando la conocí estaba aterrada con la idea de irse a vivir con un hombre más viejo que su padre. Me la presentó una hermosa bosnia con quien me acostaba por aquel entonces y que probablemente fanta-

seaba con casarse conmigo y venir para los Estados Unidos.
Lo que nunca le dije es que ya yo tenía aquí mujer e hijo. Ya sé
que no fui sincero pero al menos no hice lo que los soldados
serbios, que las llevaban a unos campamentos forzados y allí
las violaban hasta asegurarse que quedaban preñadas. Solo
entonces, si sobrevivían, las liberaban con toda la confianza
de que iban a parir un bebé de una raza distinta a la suya.
Otra manera de hacer limpieza étnica. No, yo no hubiese
violado a una mujer por muy necesitado que estuviera. Yo
tengo otros principios, aunque mi instrumento sea el mismo
que el de los serbios. ¿Cómo salvé a Naida de esa frustrante
boda? Pues luego de yo hacerle «el favor» pudo demostrar
que ya no era más virgen. No la vi más, pero me contó mi
amante que la habían encerrado como castigo. Otras niñas
en situación semejante me fueron traídas para salvarlas del
asco de ir a parar a manos de un viejo verde. Yo siempre ayudé
lo mejor que pude, hasta que un día...

¿Seré yo pronto ya un viejo verde, me pregunto? Apenas
estoy llegando a los cincuenta y me veo bastante bien. Cojeo
un poco por el accidente que tuve y gracias al cual me libera-
ron del ejército. Pero todavía puedo ver que atraigo las miradas de estas mujeres. Para ser honesto, solo hay tres hombres
acá trabajando: uno soy yo, otro es el pazguato del director, y
el último más bien parece una mujercita. Bueno, la verdad que
esta bibliotecaria tampoco es una niña y mucho menos inocente. Si vieran como la muy condenada se agacha a poner los
libros en un estante largo, que es donde luego viene la gente
a recogerlos. Se agacha y sube, sube y se agacha. Y al compás
del movimiento de sus nalgonas enfundadas en un pantalón
a media pierna, mi respiración se agita, por momentos casi

se detiene y no es la máscara. Inesperadamente gira la vista hacia donde yo estoy y puedo ver detrás de sus espejuelos unos ojitos azules chispeantes, de mosquita muerta.

—Está usted muy calladito hoy, Diosvaldo. ¿O será que necesita un poco de café? Allá atrás han hecho y debe estar todavía caliente —me dice con su acento inequívocamente argentino.

—Estoy bien... Solo que al verla a usted poniendo los libros me vino a la mente algo terrible.

—Oh, ¿sí? Es que con tantas noticias terribles hoy día se necesita mucha mente positiva para no deprimirse. ¿Y en qué pensaba, si se puede saber?

—Bueno, más bien recordaba... cuando estuve en Bosnia, siendo soldado. Si usted viera como esos serbios quemaron la biblioteca nacional con su más de un millón de libros, sin contar manuscritos originales, libros únicos, en fin...

—Uy, qué triste... ¿Y no hubo manera de evitarlo? —pregunta con una boca que nunca he podido ver por la condenada máscara. Ni que fuese musulmana.

—Fue una orden de guerra. No respetaron que el edificio tuviera las banderas azules, que se supone indican que es un lugar de valor cultural. Pero justo eso querían, destruir una etnia, una cultura. *Damnatio memoriae*, se llama, si mal no recuerdo. La gente hizo lo que pudo; cadenas humanas pasándose libros, pero fue poco lo que se salvó. La ciudad quedó envuelta en una nube oscura, no se veía el sol.

—¡Qué horror! Debe ser realmente triste no poder ver el sol... Bueno, ya sabes que en el comedor hay café.

Le hago caso. Me tomo una de esas tacitas de papel y regreso para comprobar que el movimiento de grupas continúa.

Esto tiene toda la pinta de una situación de película porno. La bibliotecaria despampanante e ingenua en apariencia, y el guardia contenido hasta que no puede más. En esa película yo sé lo que sucedería. La inclinaría contra el estante, le bajaría los pantaloncitos y le clavaría mi estaca con toda convicción. Por supuesto que habría un caer estrepitoso de libros al piso, y pudiéramos seguir cogiendo en la alfombra como si nada, rodeados de títulos importantes, por ejemplo, la biografía de... ¿Trump? ¿Hillary Clinton? ¿Bill Gates? Pero en la vida real, que está sujeta a reglas y obstáculos, ¿por dónde y cómo se la meto? ¿Ni siquiera podré metérsela en la garganta sin necesidad de desnudarla? Si esto es en verdad un edificio público, ¿no debería ser posible practicar el sexo públicamente, a la vista de todos? Se puede leer aquí a mirada descubierta, ¿pero no puede uno cogerse abiertamente a una bibliotecaria cachonda? ¿Qué puede ser más pornográfico: comerse un libro con los ojos o ensartarle el culo a esta mujerona? Estoy tan ensimismado que no sé exactamente cuándo este negro de mierda se me ha puesto delante para maldecirme con una voz muy fuerte y con la máscara a un lado de la cara. Pero, ¿qué coño dice este tipo? Entiendo algo así como que va a matarme, que tiene sed. ¡Yo tengo una que para qué te cuento!

La culona ha dejado el carrito con los libros y nos mira muy asustada. El negro sigue gritando que le han clausurado la fuente del agua por maldad. «You, fucking Spanish people». La rusa me deja saber por señas que va a llamar a la policía. Coño, ¿no se supone que aquí la policía soy yo? En Bosnia el padre de una de aquellas niñas, que supo que había sido yo el gran desvirgador, decía estarme buscando para cortarme la cabeza. Alguien se encargó de quitar al tipo del camino pero quedé bien advertido: «ni una chiquita más o te van a partir los cojones». Si en aquel momento ese hombre me hubiese matado pues tenía sus razones, ¿pero este negro que me grita ahora, de qué me conoce? Si yo estaba gozando de lo lindo sin dañar a nadie.

La policía llega; la de verdad, porque por mucho que presuma, yo no soy más que un rutinario guardia de seguridad. Van por el hombre, que ya ha dejado de gritarme y ha vuelto como si nada a la mesa donde estaba antes, con sus libros. El tipo en cuanto ve a la autoridad comienza a gritar desaforado otra vez. Se lo llevan desgañitando contra el sistema, los *illuminati*, los latinos, la banca judía, contra mí mismo... El director pazguato aparece cuando ya el escándalo se disipa. La mayor parte del tiempo la pasa resguardado en su oficina. Me felicita porque le han dicho que actué con calma. «Se necesita mucha sangre fría en casos como este». Si él supiera lo caliente que estaba mi sangre cuando todo pasó. Por suerte mi chaqueta de nylon es larga y me cubre de esa parte del cuerpo donde la sangre se me agolpaba minutos atrás. Miro alrededor y no veo a la mosquita muerta. ¿Cuándo avistaré de nuevo esas nalgonas?

El resto de la tarde no paro de dar paseítos de un lado a otro, reprimiendo los bostezos. Tal vez debí contarle de mis conquistas en Bosnia y no de la trágica quema de una biblioteca. Probablemente eso la hubiese excitado más. Sí, pero se supone que uno no hable de esas cosas en el trabajo o te pudieras buscar un problema. ¡Cómo está el feminismo hoy día! Aunque esa mujer tiene una cara de estar buscando justo lo que yo tengo para darle... ¿O serán mis fantasías? Uyy, aquí cuando no hay un incidente o un disturbio pasajero, hay una tranquilidad pasmosa, que puede llegar a ser viral. Voy a seguir los consejos de mi socio Frank: comprarme una de esas bandas anchas que pueden funcionar como máscaras y colocarle unos audífonos por dentro disimuladamente. Así podré distraerme un poco. Tengo que cuidarme, que con este virus si no se te enferma el cuerpo, se te enferma la mente. Quizá hasta mi poco de música puedo escuchar mientras dejo que pasen las horas, así lentamente, hasta el final del día, o hasta el final de los tiempos.

Rochelle

No vayan a creer que este lugar siempre tiene la tranquilidad de un refugio antiaéreo, como dice mi madre. Hay momentos en que a alguno de los asiduos —o de los no tan asiduos— se le vuela el tomate y reacciona de manera exagerada al timbre de un teléfono vecino, al tiempo de espera por una computadora o a la demora de un libro que no acaba de llegar. Ahora con este asunto de las mascarillas, y la obligatoriedad de frotarse las manos con desinfectante a la entrada, y la prohibición de comer o beber adentro, estos incidentes se dan con mayor frecuencia. El otro día el lord inglés se puso muy molesto porque el guardia de seguridad lo despertó de su sopor para obligarlo a que se colocara la mascarilla por encima de la nariz, y el lord que estaba acostumbrado a que antes le respetaban su sueño, se enfadó muchísimo. Ya bastante tiene con que tampoco están prestando la prensa diaria como era habitual. Ni manosear las noticias, esa inocente y tóxica rutina, le es posible. Así que se fue como alma que se la lleva el diablo, apoyado en el bastón, su animal de compañía.

Hoy el conflicto ha llegado más lejos, al punto que irrumpieron siete policías armados. El conflicto, según mis ojos y lo que luego pude cotejar con lo que vieron otros, pudiera resumirse de este modo:

1. Un hombre negro, de entre sesenta y setenta años, estaba sentado cerca de los estantes de enciclopedias, tomando apuntes en una libreta escolar.

2. El hombre en su burbuja escribía sin prestar atención al entorno, ni el entorno a él.

3. En un momento fue a orinar e intentó tomar agua de la fuente que está cerca de los baños. El hombre se contrarió cuando vio que el bebedero estaba todo envuelto en nylon y con un cartel que prohibía su uso. Sintiendo que su garganta seca le pedía algún frescor, estalló en ofensas contra el guardia mientras lo miraba fijamente la cara, o a lo que la máscara dejaba ver de la cara del hombre.

4. En un punto el hombre se acaloró más y le dijo al guardia que si no lo dejaba tomar agua, no dudaría en matarlo. Ahí fue cuando la rusa llamó a la policía, pues el guardia no hacía otra cosa que contenerse estoicamente, viendo que el otro no estaba en sus cabales.

5. El hombre no se amedrentó con la llegada de los policías. Por el contrario, pareció envalentonarse y discursó con más fuerza sobre cómo los blancos le habían negado históricamente a los suyos la tierra, la educación, las libertades, y que ya para colmo, les negaban el aire y el agua. Mencionó también el hecho de que antes que Thoreau hiciera famosa la laguna de Walden, ya existía allí una comunidad negra que hizo de ese lugar inhabitado su refugio de libertad. Mencionó algún antepasado suyo que al parecer estuvo relacionado con esa comuna y que prefirió morir allí de hambre que morir esclavo. Que si querían lo podían tirar al piso y ponerle la rodilla encima y asfixiarlo, como acababan de hacer con George Floyd en Detroit. El ambiente se calentó más, y

sacaron al hombre afuera para revisarle la bolsa. Yo espiaba a través del cristal y podía ver cómo no dejaba de discursar. Luego de decirles algo, que supongo debía ser una advertencia de que no podía pisar la biblioteca otra vez, lo dejaron ir.

Lo vi echar a andar y a unos pasos virarse, quitarse la máscara y gritar a toda voz:

—Podrán negarme la tierra, el alimento, el agua... ¡pero este aire es mío!

En la mesa quedaron dos libros que estaba consultando a la hora del incidente. Uno era *El color de la justicia* y el otro era la mismísima Biblia. Svetlana los recoge, mientras habla presumiblemente sola:

—Crees que porque tienes un pene, cuentas con el derecho a matar. Tendrías una pistola si pudieras, como una extensión de tu miembro. No asumas que a los policías que llamé los odio menos que a ti, aun cuando hubiese una mujerona entre ellos.

Se vira y ve que yo la estoy escuchando:

—No, no lo hice porque fuera negro. Es parte de mi guerra contra el falo—. Y luego de decir esto se ríe con esa risa de bruja que consigue asustarme.

Me voy tranquila a mi asiento, luego de comprobar que Madre y mis hermanos continúan en sus libros y tabletas, imperturbables. No sienten en lo más mínimo lo que podría llamarse solidaridad de raza. Madre no aprobaría nunca una disrupción como esta. Las Panteras son resistentes, no histéricas. Pasada una media hora, calculando que ya los ánimos están más livianos, voy a pedirle a la rusa un poco más de tiempo con la laptop. Me extiende un papel doblado. Lo leo, llena de curiosidad.

Images

El papelito de Svetlana me lleva a Nina Simone, a su canción «Images». La canción me lleva a un espejo, y el espejo a otros lugares. Pero vayamos por partes. La curiosidad, dicen que mató al gato. A mí la curiosidad me revive en estos tiempos en que no pasa mucho, en que la vida se repite en sus más elementales y amordazadas formas de manifestarse. Las indicaciones de Svetlana llegan en un momento en que necesito algo que me levante de esa silla, me haga desviar los ojos de una pantalla que puede absorberme por muchas horas. Hasta el día de ayer, como quien dice, no había sentido esta sensación de congelamiento. Miro a mi alrededor: Aisha está enchufada a ese programa con el que aspira a convertirse en diseñadora... ¡Vaya delirio! Nosotros que nos vestimos día a día con la misma combinación. Los cuatro usamos la misma indumentaria, nada femenina, por cierto, que el programa nos renueva de mes en mes. Nos pasamos el día juntos, dormimos juntos. Para tener un mínimo contacto con mi cuerpo necesito ir al baño. Cuando uso el toilet o me aseo un poco en el lavamanos de este lugar público es cuando único rozo mi cuerpo, sus contornos, sopeso su calor. No sabía que justo en una biblioteca iba a tener conciencia plena sobre la territorialidad de mi carne y su contemplación. Seguí sus indicaciones al pie de la letra.

El papelito de Svetlana tiene una especie de mapa, precedido por esta nota:

¿Recuerdas que el otro día descarté tus dibujos por la repetición al infinito de esos personajes de manga japonesa? Eso llevó a que encontraras sin querer a ese señor que dibujaste y que puso en vilo al señor Kipper. Todavía debe estar preguntándose cómo y qué sucedió. Yo, que vengo de una cultura que incubó individuos al estilo de Madame Blavatsky o Maria Barkishov, ¿de qué puedo alarmarme? (No importa si no sabes quiénes son esta gente que te menciono; pasa la página).

Creo que ha llegado la hora de que reconozcas tu propia imagen y la detalles (encontrarás una resma de papel en el lugar que voy a indicarte). Seré tu Virgilio en este infierno, en el que aún podemos encontrar pequeñas gratificaciones. Eres una mujer en potencia, la concreción de un cuerpo que empieza a florecer. Pero un cuerpo que desconoce las delicias de sus luces y sombras. Quiero que hagas un retrato de ti misma y te propiciaré todas las condiciones para hacerlo, para que no te desdibujes al pensarte.

Entre la una y las dos de la tarde se irán todos a almorzar, excepto yo y alguien más que no podrá moverse del área de referencia. Harás como que vas al baño, pero en lugar de entrar ahí, caminarás unos pasos por delante hasta dar con una puerta que dice que solo puede pasar personal autorizado. Yo te autorizo a pasar. Encontrarás una escalera. Súbela. Al llegar arriba habrá otra puerta: traspásala. Te he dejado encendida una luz. No te asustes por todo lo que verás alrededor. Concéntrate en ubicar el espejo que alguna vez se apareaba con una consola en el vestíbulo. Siéntate frente a él, si es posible en loto o semiloto, como te sea más cómodo. Quítate ese sweater enorme que cubre tu pecho. Pasa tus dedos por tu piel, si se te antoja. Piensa bien desde cuándo no sientes tu piel sin mordaza, a tus poros respirar en libertad. Habrá una pequeña reproductora a tu lado. Enciéndela. Escucha lo que dice, concéntrate en la canción. Deslúmbrate con tu belleza. Verás que frente a ti hay una cartulina y unos trozos de carboncillo. Transforma esa emoción en imagen. No abandones la canción. Ponle tanta atención a tus ojos como a tu pecho. Siente la maravilla que trae la simetría, la redondez de las formas. Enamórate de tu color y traspásalo al papel. Luego que leas esto, por favor, rómpelo y tíralo a la papelera. ¡Buen viaje!

Hago todo lo indicado, un poco lenta, pues siento cierto temor de que alguien me descubra. Además de que tuve que echar a un lado telarañas, esperpentos de Halloween, figuras de papier maché, cornucopias y otros artefactos probablemente usados y reusados durante las celebraciones de cada año. Pero después de escuchar esa canción una, dos, tres veces, el miedo se reduce a una mancha pequeñísima en el azogue. «She does not know her beauty | She thinks her brown body has no glory». Palabras y voz que me hacen llorar. Pienso en la hermosura de mi madre, en su cuerpo que solía danzar, cuerpo lastimado pero todavía pleno. Dibujo mis ojos tal como los veo, redondos, de mirada dulce y pestañas afiladas. «But if she could dance naked in the street and see her image...». Esbozo mis senos pequeños, pero tan puntiagudos que parecen más grandes de lo que en realidad son. Incluyo esa mancha de nacimiento que clarea mi piel muy cerca del vientre. Me demoro en la densidad de mis vellos púbicos ensortijados. Estoy feliz con el resultado. Escucho la canción varias veces. Me enamoro de mí misma, bailo, me abrazo frente al espejo.

A mi regreso encuentro a los míos igual que siempre. Impasibles, leyendo, mirando videos, totalmente absortos. Han enmudecido en sus cuerpos los latidos de su belleza y esperan tal vez por un tiempo promisorio para dejarla danzar nuevamente. Sin dudas que este dibujo se lo regalaré en agradecimiento a Svetlana. Además de que no me atrevo a quedármelo. ¿Cómo le explicaría a mi familia esto de la canción, el ático, el espejo?

SVETLANA

Una de las razones por las que odio a los niños es por las tremendas confusiones que pueden traer en la vida de cualquier adulto. Son tan capaces de engañifas, truculencias y ardides como cualquier mortal crecido. Lo compruebo en ese mocoso, que con su cara de yo no fui apareció junto a su padre hoy en la biblioteca.

—Los niños no mienten —dice el idiota del padre y yo asiento.

—No se preocupe, señor. Voy a escribir todo esto en un informe para dárselo al director, que estará de regreso el domingo. Hubo una novedad en su familia y tuvo que ir a Baltimore. Pero aquí voy a anotarlo todo, línea por línea lo que usted me ha dicho. No se preocupe, todo tiene solución menos la muerte —le guiño un ojo cómplice y empiezo a escribir el informe con copia al director de este lugar y otra al director del sistema general—. Si desea, puede dar una vuelta y regresar en diez minutos. Tal vez su hijo quiera ir a la sección infantil, o afuera a ver las mariposas. Cuando regresen, solo tendrá que firmar que está de acuerdo con lo que leerá.

Los dos se apartan de mi vista y empiezo a teclear:

REPORTE DE INCIDENTE
En el día de hoy, junio 17 del año de la Pandemia, y estando yo en el área de referencia de adultos, se persona el señor Aaron Rosenthal Jr. y su hijo de ocho años de edad. El señor Rosenthal

me enseña un comprobante emitido por nosotros, donde se hace
efectivo que hace unas semanas donó a esta biblioteca un total de
cuatro cajas que contenían lo siguiente:

—una colección de la revista bianual *Orientalidades*, compren-
dida entre el año 1988 hasta el presente.

—cinco tomos de una enciclopedia de arte japonés publicada
en 1987 en Londres.

—7 monografías de la serie llamada «Netsuke para colec-
cionistas».

—un conjunto de dieciocho catálogos de arte de la galería
Sakura Zensen.

El señor Rosenthal alega que el conjunto perteneció a su
padre, quien durante más de treinta años sostuvo dicha galería,
cuyo monograma era un cerezo florecido, hasta que la muerte
se lo llevara el pasado mes de mayo, justo cuando los cerezos
terminan de florecer. La razón de su presencia aquí es que entre
las transacciones pendientes de su padre, de las cuales ha tenido
que ocuparse luego de su deceso, estaba el envío de un conjunto
de piezas ya pagadas por un coleccionista de Boston, quien al recibirlas notó que faltaba una de las más notables. Estando a punto
de verse envuelto en un proceso de reclamación, su hijo menor
confesó que él había sustraído la pieza y la había escondido en la
caja marcada con el número dos, pensando en trasladarla más
tarde a un mejor escondite. Confesó el niño que la pieza le resultó
atractiva porque confluyen en ella una mujer y un perro. El niño al
parecer desconoce —o así lo precisa su padre— las connotaciones
eróticas de la figura, dado que la mujer recibe un *cunnilingus* por
parte del animal.

El señor Rosenthal desea que inspeccionemos en la donación
(adjunto copia del comprobante) y le devolvamos el netsuke perdido, que debe estar todavía en la caja marcada como número
dos. No contando con más pruebas que la declaración de su hijo,
doy constancia de su reclamo, dejándole saber que haremos lo
que esté en nuestras manos y rastrearemos el material donado,

pero como es lógico, no nos comprometemos con el resultado. El señor Rosenthal Jr. ha sido informado que muchas de las donaciones las dirigimos a otros lugares, y llegado el caso de que no sean transferibles a otra institución o biblioteca, terminan en el camión de reciclaje. Considerando que no procesamos revistas o publicaciones periódicas, es lógico pensar que caja y netsuke erótico se hayan perdido en el tal camión.

Y para encauzar este asunto, firmamos las partes pertinentes aquí debajo:

He terminado el informe lo mejor que he podido, teniendo en cuanta lo atípico del rollo. El niño no firmará, pero sin dudas es el máximo responsable de este entuerto. La otra soy yo, pero eso no lo registraron las cámaras. El área donde tenemos los pallets, los cajones de reciclaje y los tachos de basura, es territorio libre del panóptico. Ahí no llegan los ojos del Gran Hermano y yo tengo la bendita costumbre, desde mis tiempos de vivir bajo el sistema comunista, de revisarlo todo muy bien antes de tirarlo. En mis más de treinta años como bibliotecaria me he encontrado algún billetico escondido, un cheque vencido, algún ticket inútil de la lotto, pero lo más asombroso ha sido este netsuke tallado en hueso. Un perro faldero le lame las entrepiernas a una mujer, como si esta fuera la más inocente de todas las ocupaciones terrenales. Y sí que lo es. Cualquier placer que una mujer pueda darse sin acudir al maldito instrumento de dominación y control del hombre, me regocija. El netsuke y el desnudo de Rochelle son mis últimas adquisiciones en ese templo resguardado a cal y canto que es mi casa.

—Sí, señor Rosenthal, ya está todo listo para firmar. Y tú, adorable criatura, ¿cómo es que te llamas?

UNA

Una de las obligaciones de este trabajo nuestro es responder al teléfono de la manera más satisfactoria. Para el usuario, debo aclarar... Nosotros estoicamente debemos contenernos ante las solicitudes más inverosímiles. Con el tiempo aprendes varias cosas, como que debes referir amablemente el teléfono del bakery en Hialeah a esa señora que llama invariablemente cada semana para preguntar. Que no debes dejarte provocar en tiempo de elecciones por aquellos que pretenden que les digas por qué candidato vas a votar. Con los cubanos el cuidado es doble: pueden inflamarse fácilmente si dices que votas por los demócratas. Si eres cubana de verdad, debes convenir en que estos nos traicionaron cuando Bahía de Cochinos y que por ello le volaron los sesos al mismísimo Kennedy. Pero la llamada de hoy se gana la palma de oro del asombro, solo superada por una que recibió Andrea una tarde, cuando un señor le pidió desesperado que llamara al sistema de transporte para pedir que pararan el tren porque su pobre gatico se había caído de una ventana a los raíles. «Dile que entre la cabeza y que no mire más», fue la respuesta de transportación.

«Estoy llamando para que me ayuden a encontrar la manera de remover a una zorra muerta que tengo en el patio. No, ese teléfono de Animal Removal Services no me sirve. Ya llamé allí, pero me piden un dinero que yo no tengo. No crea que todo el que vive en este vecindario es rico, no señor. Soy una mujer viuda que tengo que rentar lo que fue la casita del servicio para ayudarme con los gastos.

Pues la zorra ha muerto ayer y pronto comenzará a apestar. No, mía no era. Se metía en el patio de mi casa. Usted sabe que ellos no son nativos de la Florida. Bueno, los zorros rojos, me refiero. Fue ese zorro de Merrick quien los hizo traer a Coral Gables como atractivo para turistas del norte, que a su vez podían ser posibles compradores. Ya sabes, campos de golf, canales navegables, cacerías con caballos y sabuesos; todos de negro y rojo, muy a lo inglés. Ya en los años veinte el hotel Biltmore lo anunciaba entre sus atracciones. Yo no había nacido y usted menos, pero mi padre fue uno de los primeros norteños en comprar una casa por acá. Tiene que venir un día a ver esta joyita, estilo mediterráneo, rodeada de buganvilias, con un sellito de landmark y todo. Pues mi padre guardaba recortes de periódicos por los que yo me fui poniendo al día en detalles de la historia de esta ciudad, que ni siquiera ahí en la biblioteca probablemente sepan. Por ellos supe como una buena parte de esos zorros se escabulló entre los pinares rocosos que bordeaban la naciente ciudad. Aparentaban estar cruzados con hienas, pues antes de perderse de la vista de perros y cazadores, se reían asomando los dientes...

Lo cierto es que esta zorra mía, bueno, la que apareció un día en mi patio, parecía ser un cruce del zorro rojo traído de Virginia y el zorro gris de la Florida, por los colores, digo. Y un día me percato de que acababa de tener cachorros. ¡Nada menos que cuatro! No me quedó un aguacate o un mango que no se comieran, pero como mismo aparecieron, se perdieron, y últimamente solo venía ella. ¡Pobre animal! En cual-

quier momento la entierro yo misma, con crucifijo y todo.
Lo que pasa es que ya estoy muy mayor para estar abriendo
huecos en la tierra. ¿Usted se animaría a venir a ayudarme?
¿Va contra las reglas? Si te guías por eso hoy todo va contra
las reglas. ¡Qué cautos y procelosos nos hemos vuelto!

Le tengo un cuento antes de despedirnos, pues imagino
que tiene que atender otras llamadas. Con la gran depresión
que llevó este país al colapso, se acabaron las cacerías en el
Biltmore, como mismo se acabaron tantas cosas. Luego vino
la guerra y el hotel pasó a ser un hospital de campaña. Mi
padre, que era cirujano, prestó servicio allí a los veteranos.
Finalmente, el edificio, que es una belleza arquitectónica
como pocas, estuvo cerrado por largos años. En los ochenta,
cuando fueron a repararlo, luego de una fallida propuesta
de demolición que por suerte no funcionó, notaron que la
vida salvaje había tomado posesión del hotel. ¿Y adivinen a
quién encontraron dormitando allí, a la sombra de suntuosos
salones con hermosos azulejos de mayólica? ¡A un zorro! Lo
más probable es que fuese un retoño de algún sobreviviente
de esos ejemplares traídos para ser cazado en esos mismos
terrenos. Qué ironía, ¿no? El zorro era casi dueño y señor
de lo que fue el hotel de lujo que contemplaba la muerte de
sus antecesores como parte de su menú de entretenimiento.
Así es la vida, señorita.

Por eso no puedo dejar que ese animal se pudra en mi patio.
Ellos no tienen la culpa de que nosotros hayamos jugado con
sus vidas caprichosamente. Si usted tiene algún amigo que
quiera venir a mi casa, recogerla y enterrarla en algún lugar
decente, le pago cuarenta dólares. Anote mi dirección por
favor. No se preocupe, esto quedará entre nosotros: usted,

yo, su amigo y el alma de la zorra. Y si quiere venga usted también; le tendré una bolsa con aguacates. ¡Total, si ya ella no se los podrá comer!».

SVETLANA

Me gustan los domingos. No suelo hacer nada en ellos salvo tomar té con crema, comer golosinas rusas del mercado Markis, escuchar música clásica, leer o mirar imágenes. Tengo una hermosa colección de imágenes de cuerpos femeninos, desde postales francesas reveladas con nitrato de plata hasta posters de voluptuosas pin-up de Alberto Vargas. Me traen chisporroteos de juventud y a la vez me dan cierta paz. Son el reposo del guerrero, la flor que ostenta en una mano el samurai mientras blande la espada con la otra. Entre mis últimas adquisiciones está la colección de dibujos de Rochelle. Le he regalado unos carboncillos, así que ahora los autorretratos de la adolescente nubia tienen unos efectos adorables de claroscuro. La otra es más maliciosa: ¿recuerdan el perrito faldero que se esmeraba en practicar el *cunnilingus* con su ama, o debo decir su dama? Ese netsuke reclamado en mi informe, y que por supuesto, nunca llegó a su destino en Boston. ¡Qué apacibles momentos en que no tengo que guerrear con ningún falo pues mis predios han sido blindados para que ese objeto punzante no roce este templo! Puedo aceptar la voz de un tenor, hasta la presencia de un eunuco si se diera el caso, pero hasta ahí. Hoy me deleitaré con mi adorable colección de postales eróticas que tienen más de cien años, de esa época en que las mujeres usaban regularmente medias largas de suavísima seda y no se afeitaban las axilas ni el pubis.

Este es mi día de reconciliarme con el mundo como me apetece y disfruto. La visión de estas mujeres jóvenes, hoy en su mayoría muertas, me alarga un poco más la vida. No disfruto la pornografía de masas, soy muy elitista. Tampoco soy tan cruel como la condesa Bathory, que se rejuvenecía con la sangre de bellas doncellas a las que sacrificaba luego de apoteósicas orgías. Soy una mujer menos exigente en mi intimidad, aunque tengo mi propio consolador artificial llegado el caso en que me vengan al cuerpo vibrátiles estertores de juventud. Cada vez mis placeres de este tipo son más mentales, pero pudiera añadir que más confortantes, porque están más desligados de la carne, esa materia nuestra que tan fácilmente se crispa o se corrompe. No diré que es un «plácido domingo», porque ese pervertido cantor fue un acosador sexual de mujeres que callaron para no arruinar sus carreras en la ópera. Yo hubiese gritado, clamado, castrado, pero eso lo digo ahora. Por muchos años yo también aguanté y callé. Una vez fui joven y mi vientre fue violentado a causa de esa dulce juventud.

Me prepararé otra taza de té y pondré un disco de la inmortal Renata Tebaldi. ¡Ay, mi bella nubia, si me dejaran, cómo compartiría contigo todas estas maravillas que te ayudarían a crecer, a espabilarte! Al menos he logrado que dibujes algo más que esas insulsas caricaturas japonesas. Mañana te llevaré algunos creyones pasteles y más papel hecho a mano, comprado en una de esas tiendas de arte que no sobrevivirán a la pandemia, y que pronto nadie en esta ciudad ingrata recordará.

Uno

Los judíos leen mucho. Este Mr. Epstein, por ejemplo, es de los que más lee. Lo desagradable con él es que refunfuña por todo. Acá le llamamos Oscar el Gruñón, por el personaje de *Sesame Street*. Hoy se ha lucido con sus detestables maneras y he tenido que contenerme para no gritarle alguna barbaridad. El libro que lo desvela trata sobre el virus, cómo protegerse de él, entender su dinámica de propagación; en definitiva, cómo ponerse a salvo de lo irremediable en tanto encuentran la famosa vacuna. Lo cierto es que este hombre no debería preocuparse. No habrá cadena de ácido ribonucleico que se atreva a penetrarlo. Mr. Epstein pudiera convulsionar si no le doy una explicación convincente. Me mandaría a una cámara de gas, a la picota, a la silla eléctrica, me convidaría a beber cianuro, me obligaría a autoflagelarme, todo porque no he conseguido decirle que su libro ya está en camino. ¿Qué hará con todo este conocimiento que deglute, además de gruñir?

—No, señor, lo siento, no lo tenemos aún.

Insultos llueven detrás del plexiglás. Puedo imaginar detrás de la máscara sus dientes amarillos cuando me cuestiona qué clase de bibliotecaria soy que no puedo procurarle un libro que ha pedido hace ya cuatro meses. Se queja de que no tiene sentido que durante este tiempo sea el número uno en la lista de los que esperan su turno. ¿Qué sentido tiene

ser el número uno si esa suerte no te lleva a disfrutar de las
ventajas que debería tener quien lleva ventaja? Y eso es algo
que él disfruta mucho. En algún momento esta epidemia
terminará y él nunca se habrá enterado qué hay que hacer
para evitar el contagio.

—Lo siento, señor, pero la persona que tiene el libro no lo
ha devuelto. Queda un solo ejemplar en el sistema. Los otros
cinco están marcados como perdidos o reclamados como ya
devueltos pero no encontrados. Eso pasa cuando se trata de
libros muy populares —trato de apaciguarlo sin resultado.

— ¿Pero qué biblioteca es esta que chupa de mis taxes y no
tiene suficientes libros en su colección? ¿Ni siquiera pueden
lograr que esa persona devuelva lo que otros están esperando
con todo derecho?

De nada vale explicarle que han declarado una amnistía
para exonerar a quienes tengan multas o cargos, así que el
sistema por ahora no cobrará a los usuarios con libros pasados
de fecha. Este era el caso.

—Por eso estamos así. Ustedes han perdido la noción de
que hay alguien reteniendo un material que necesito; yo que
soy un modelo de contribuyente. Pagando de mi bolsillo para
que ustedes estén acá sin hacer prácticamente nada.

No puedo contestarle como se merece o preguntarle que
por qué si tenía tal interés en el libro, y viviendo en una de
las calles más selectas de Miami, cómo es que no ha podido
comprarse en tanto tiempo el libro de marras, si le es tan
vital. Hasta puede donarlo luego a la biblioteca al terminarlo
de leer. Pero no: en lugar de ello se le ocurre ordenarme que
llame delante de sus ojos a esa persona, y le exija que traiga
el libro que él, el usuario número uno, espera. Le riposto que

si lo tranquiliza puedo mostrarle la nota en la cuenta de la usuaria, que deja bien claro que ha sido avisada por teléfono y por correo electrónico de su tardanza en la devolución. Hasta hoy no ha respondido.

—¿Puede darme el nombre y el número de esa persona para llamarla yo mismo? —me sigue presionando.

— Desafortunadamente no; la información de los usuarios es estrictamente confidencial. No puedo compartirla. ¿Se imagina si yo le facilitara sus datos personales a otro usuario que llegase acá preguntando por ello?

Enrojecen su nariz y sus orejas.

—Usted no quiere hacer su trabajo como debe ser —gruñe Oscar Epstein.

—Yo no soy más que alguien que trabaja en un sistema público y a eso me debo.

—¿Sistema público? ¿Debería recordarle lo que la escritora Ayn Rand —por cierto, tan rusa como usted— creía de esa entidad llamada «lo público»? Es difícil hoy día encontrar un bibliotecario de verdad. Este lugar se ha llenado de gente con extraños acentos, que apenas a veces entiendo. Gente pusilánime, incapaz de resolver un problema. ¿Me da el teléfono de la Biblioteca Central?

Se lo doy, y para mi alivio se esfuma. A este no le cortaría el pene pues debe tenerlo todo engurruñado, pero la lengua de seguro que se la cortaría de un tajazo. Con lo tranquila que es su esposa, o sumisa, vaya usted a saber...

Entra Mónica, que ya es su turno. Debe ver en mi mirada todo el desprecio, la frustración que levanta una marea roja en mi cara.

—Ya vi al viejo Oscar salir por esa puerta como alma que se lleva el diablo. Ha dejado su tufo en el aire. ¿Y hoy por qué gruñó?

—Nada, que ha pedido un libro hace meses y todavía está esperando.

—Contra, Svetlana, yo también gruñiría por eso si fuera mi caso. ¿Y qué pasa con el libro?

—No lo han devuelto. Pero tengo una sospecha y eso sí que no puedo explicárselo al muy zoquete. Además de que no le interesaría. Lo que más le molesta a este hombre es que es el primero, pero no es el uno. Mónica, tengo que confesarte que sin querer tal vez he matado a una joven usuaria. Déjame mirar otra vez

Mónica se coloca por detrás de mí, tratando de ver lo mismo que yo. No sabe lo que me incomoda la proximidad física de alguien, más en estos tiempos de pandemia.

—Veo un montón de triangulitos amarillos, lo que quiere decir que todos los libros están pasados de tiempo —es todo lo que concluye.

—Mira su foto, ¿la recuerdas? —le pregunto haciéndole espacio.

Mónica escudriña el rostro de una muchacha de no más de veinte años, de origen afroamericano probablemente.

—No me dice nada su cara. ¿A ti sí?

—Recuerdo perfectamente haberla atendido y hasta le recomendé unos libros... Échale un vistazo a los títulos.

—Deja ver... *Manual del hijo de padres divorciados, Obtén tu independencia económica desde muy temprano, Protéjase de tornados, huracanes, accidentes químicos, ciberataques y otras contiendas, Resiliencia, un camino de provecho, Coronavirus, epidemia global y modos de contenerla...* Este debe ser el que espera nuestro Gruñón... Oh, y esto está más heavy todavía: *Vida después de la muerte* y *Cómo comunicarte con los tuyos desde el más allá.* Madre mía, vaya cosas que la gente escribe... ¿Y por qué le recomendaste semejantes títulos a esa muchacha?

—Mónica, deja ver si entiendes. Esa muchacha, hasta donde recuerdo, estaba muy desorientada o tenía mucho miedo, o ambas cosas. Probablemente le indiqué esos títulos creyendo que le hacía un favor, tratando de que se fortaleciera frente a sus temores. Pero creo que se me fue la mano.

—No te culpes, no lo has hecho por mal.

—¿Cuán cerca está el bien del mal en esta vida? No, no hay otra explicación posible para estas tardanzas extremas y la alerta de inactividad en esa cuenta suya.

—Sea lo que sea, Svetlana, ella parece haber estado buscando una puerta —me consuela Mónica—. ¿Recuerdas esa novela de Murakami o de algún otro de esos patéticos japoneses, donde el protagonista quisiera que el hecho fuese tan simple como caminar por un pasillo lleno de puertas, hasta dar con una que al abrirla nos condujera directamente a la muerte? Sin dolor, sin agonía, solo abrir una puerta... La precisa, la indicada.

—Sea lo que sea, ahí tenemos su dirección. Aunque no nos esté permitido, yo soy capaz de ir contigo y preguntar qué le ha ocurrido.

—No, gracias, no quiero generar empatías inútiles en mi vida. Lo único que lamento es que quien haya desaparecido no sea Mr. Epstein. Además, yo también estoy buscando abrir esa puerta que comunica serenamente con lo otro. Te dejo, muchacha. En una hora estaré de vuelta para relevarte.

Entre los banyans

Me llevo el almuerzo al jardín, y como es muy frugal me da tiempo a caminar un poco. Lo único que me calma y me hace olvidar el sinsentido de la vida es ver a los insectos, a las mariposas y a los pájaros en acción. Parecen ser los únicos que supieran vivir. El otro día vi aquí una verdadera joya: un escarabajo verde fosforescente metiéndose entre la hojarasca. Bello ser coprófago. Dios que hace maravillas con la mierda, capaz de transformar los excrementos, los residuos, en abono natural. Ya no es tan fácil encontrarlos por los cabrones insecticidas. De pronto tuve una extraña visión: decenas de escarabajos azules, verdes y dorados como el del cuento de Poe, sobre el cuerpo de la muchacha que yo presumo muerta, afanándose en su descomposición. ¿Habrá tenido el sosiego suficiente para entrar en la ulterior dimensión con la serenidad requerida?

Pasando frente al banyan recuerdo lo que me contó Rochelle de su visión de Mr. Bradford. Me acerco al árbol. Veo que entre unas raíces alguien ha dejado unas botellas de agua y un par de coca-colas. Ahí sigue la bicicleta oxidada, forrada de tape azul. ¿Y si trajera un cojín y en estos ratos libres me dedicara a hacer mis ejercicios de trascendencia con total tranquilidad? Me daría mucha paz saber que abandonaría este mundo solo por no tener que lidiar con esperpentos como ese judío gruñón. Si yo escribiese un libro sería algún

manual sobre cómo lidiar con semejantes personajes indeseables. Sin dudas, llegaría a ser un best-seller. Me deslizo entre
los intersticios del árbol. De la luz del sol apenas llega lo que
el trenzado de las lianas sobre los troncos logra tamizar. Pero
¿qué es lo que escucho? Lo que sea, ronca plácidamente. Es
viejo, tiene barba, y bien que se parece a Mr. Bradford, al
menos así dormido, pero no lo es. Mr. Bradford era de baja
estatura y este sujeto mide sus buenos seis pies, según parece.
En una cutre silla plegable un gato de ojos amarillos me mira
profundamente. Aprecio mucho que los gatos no gruñan.

Avanzo, dejando atrás los ronquidos, y me deslizo al
espacio contiguo, otra de las cavidades interiores que nadie
sospecha desde afuera. ¿Quién es este ser que aquí se refu-
gia? Ni gnomo, ni elfo, ni druida. Huele fuerte alrededor.
Una mezcla de marihuana, repelente de insectos, comida
desperdigada. Ahora, en mi campo de visión hay alguien de
espalda, rasgando papeles. Se voltea al sentir mis pasos y es
ahí que lo reconozco. Es TJ, «el Acaparador» —así le llamamos— por la cantidad de cosas que arrastra consigo. Entra
bien temprano, se asea en el baño y pide una computadora
para ver videos sin parar. Acto seguido saca un torso de mujer
con peluca y la sienta a su lado, en la mesa. Se pone a escribir.
No podemos decir qué escribe, pero sí puedo dar fe de su
disciplina y de cuánto consulta con el maniquí, ¿o será que le
lee fragmentos? Es una escena bastante desconcertante para
usuarios aprehensivos, pero ninguna cláusula de las reglas de
conducta se lo impide.

— ¿Qué pasa, mujer? ¿Estás huyendo del sol?

El sonido de los ronquidos es sustituido por otro que
recuerda el rasgado de un papel, una de las primeras habi-

lidades que nos hacen practicar de niños y que nos servirá especialmente luego para romper las innumerables ofertas para que gastes más, la vergonzosa propaganda política, las cuentas de servicios médicos que te aclaran «esto no es un bill» y las cuentas de billes por redimir, todo lo que embuten diariamente en tu buzón.

Miro bien los papeles que el Acaparador se entretiene en pegar a unos cartones.

—Estoy armando unos paneles de cartón para ponerlos alrededor de mi colchoneta y que así se enteren que este pedazo es mío. No quiero entrometidos aquí, fumando su crack ni bebiendo cerveza china envenenada. ¿Cómo va quedando mi obra de arte?

— ¡Fantástica! —le comento mientras me acerco más y voy viendo de qué se tratan los pliegos que adosa a los cartones—. Pero, ¿de dónde has sacado estas maravillas?

—¿De dónde crees? No serán de una librería de viejos, claro que no. Las recogí bien temprano afuera de la biblioteca, ahí donde la gente dona toda la mierda que no quiere. Son de mi tiempo, y apuesto a que del tuyo también, por mucho que te pintes las canas de rubio platinado. Mira esto, unas ilustraciones eróticas de John Lennon. ¡Qué pendejos tan retorcidos! ¿Serían los de la china, je je...? Yo creo que fue esa bruja la que lo mandó a matar. Yo no me confío de ninguna mujer, ni aunque tenga los ojos más rasgados del mundo. Si es para darme un buen masaje, lo acepto, pero luego, bye bye. Mira ahora mismo, lo que nos está costando este desparpajo con esos asquerosos, comedores de murciélagos...

— ¿Puedo ver esas que tienes en la mano?

—Sí, señora mía. La mismísima Marilyn Monroe. ¡Qué putona tan dulce que era! Mira esos pechos que quieren romper la tela transparente... Aquí no quiero que entre ningún desgraciado a hacerse una paja con estas fotos. Son mías, y este espacio, desde estos bejucos hasta este tronco, es mío.

Pensar que esas revistas pude encontrarlas yo misma si el donante las hubiese dejado un poco más tarde. O con solo haber llegado algo más temprano, como a veces hago cuando me desvelo y vengo a este jardín a esperar el amanecer. Me las perdí. Los catorce números de la revista *Avant Garde*. ¡Joder, vaya tesoro que este baboso está destripando! Y si trajera mi spray de pimienta y... No, me delataría luego. Tendría que darle un trancazo y este desgraciado parece tener más vidas que un gato. Tampoco me entendería si le digo que coleccionar imágenes de alto erotismo es mi pasión. Una pasión genital bajo el mandato del intelecto. Eso es el eros, el refinamiento de nuestras más bajas pasiones, su sublimación a través del arte, que no siempre es bello. Hay un erotismo atroz también. A veces exasperante. Casi siempre irresistible.

—Cojones, ¡qué envidia que me va a tener el socio de al lado! Verdad que a Kennedy le volaron los sesos, pero mira qué clase de mujer la que gozó... A mí casi me la vuelan en Iraq. No me la pelaron, pero me jodieron los pulmones. Esos malditos pozos de petróleo ardiendo sin parar —tosió como para dramatizar lo dicho.

Pobre hombre que creía que su miserable vida era importante. Sn embargo, Ralph Ginzburg fue más cojonudo que él. Cumplió ocho meses de prisión, aunque le pedían más en principio. Al llegar a este país traté de ponerme al día con todo lo que el mío trató de esconderme. Así fue como me leí su libro sobre materiales eróticos secretamente guardados en bibliotecas norteamericanas. Me costó mucha materia gris asimilar que en el país de la democracia por excelencia, cualquier manifestación artística o literaria que a los más puritanos les resultara sospechosa —y ello podía incluir desde una novela de D. H. Lawrence hasta un libro de Henry Miller— se asociaba gratuitamente con posturas comunistas. Obscenas podían ser las ilustraciones de Degas de un burdel, una secuencia fotográfica de una pareja interracial, los grabados de Picasso sobre *voyeurs* y musas orgiásticas, todo lo que Ralph Ginzburg, editor y director de esta revista y otras de parecida calaña, elegía promocionar, para ensanchar, según decía, las fronteras sexuales de la constreñida América. Paradójicamente, en mi país y sus aliados todo lo visto como obsceno o vulgar era expresión, o estaba bajo la influencia, del odioso e inescrupuloso capitalismo.

—Carajo, me estoy quedando sin goma de pegar. ¿No tendrás en la biblioteca algún pegamento que me des?

Lo pensé un momento, sabiendo que me quedaba muy poco tiempo para regresar al edificio.

— ¿Qué tal si te cambio un poco de goma por una revista de estas? Sabes, yo también tengo mis manías. En mi casa forro paredes y estantes con recortes de revistas y de libros.

—Ah, ¿sí? ¿Y qué más coleccionas? ¿Piedras también? Tuve un socio que guardaba piedras, de todo tipo. En la cocina de su casa primero encontrabas un fragmento de un meteorito o una esmeralda en bruto de Colombia, que una lata de leche condensada o de sopa Campbell. Hablando de sopa, ¿no quieres este número con fotos de las chicas de Andy Warhol? Mira esta, Ultra Violet, qué ojazos, mira esa teta de medio lado y la otra oprimiéndole la pierna. Una contorsionista con cara de bruja. Leí en alguna parte que ya de vieja se arrepintió de todas las francachelas que tenían lugar en el bunker del maricón de Warhol. Hasta se metió en una de esas iglesias de los santos de los últimos días, o algo parecido. Claro, ya con los pellejos arrugados cualquiera se acuerda que el alma existe. Santos... santos nosotros que nos arrinconamos entre estos árboles con las zarigüeyas y las ratas, los mosquitos, las hormigas bravas, la lluvia, la humedad...

—Dime algo, TJ, ¿desde cuándo empezaron a acampar acá?

—No me digas que vas a irte de lengua, ¿verdad que no?

—No, hombre, no voy a decir nada. Si fuera el patio de mi casa, sería otra cosa.

—La jodida pandemia, mujer, que nos ha arrinconado aún más. No nos quieren en la calle, pero tampoco estamos dispuestos a irnos a esas cárceles que llaman refugios, donde tienes que portarte mejor que un ángel. Si fuéramos ángeles, no estuviéramos así, ni necesitaríamos de la mierdera caridad pública. Durante diez años estuvimos protegidos por una ley que impedía que nos acosaran mientras dormíamos, o que recogieran nuestras pertenencias y las botaran. Ahora todo está cambiando. ¿No sabes lo que pasó el otro día en el downtown? Llevaron una grúa y levantaron las carpas de la gente. Se llevaron colchonetas, mantas, documentos de identidad, ropa... en fin, que menos mal que yo no estaba ahí porque si no me hubiesen remolcado con mis cosas.

—Ven conmigo para darte el pegamento. Ya tengo que entrar.

—Pero, mujer, coge una de las revistas.

Las reviso una vez más y me decido por la que tiene en la portada un par de esas tetas como trompos que pintaba Tom Wesselman. Veo que también tiene un reportaje y unas fotos de una granja hippie en las montañas de San Gabriel, California. La cara drogada del comunismo, si entendemos comunismo como un modo de vida donde prevalece el sentido del bien y la propiedad común. Olvidan que común y propiedad se excluyen. Lo que es común no puede ser propio, y viceversa. Por eso sé muy bien que el pegamento que le daré a el Acaparador, es propiedad privada, pero aun así, se lo doy. El par de tetas de trompo bien que vale el intercambio.

SETH

Llevo varios días en que casi no duermo, tratando de que en las noches no se nos acerque alguno de esos locos que han comenzado a pernoctar entre los árboles. Las cifras de contagio van en aumento y mientras más cerca estemos de la gente, más riesgo corremos. Pero en la ciudad han recrudecido las leyes que prohíben dormir en la calle. En las paradas de los autobuses han removido los bancos que tienen respaldar para que nadie duerma ahí, por lo que nos quedamos durmiendo invariablemente en los jardines de la biblioteca. Por la pandemia misma han aumentado los lugares que reparten alimentos gratis, lo que nos permite comer un poco mejor que antes. Madre también recibe un donativo de una iglesia. Tengo que confesar que lo usamos para ir a la tienda donde venden cannabis medicinal y allí compramos hierba y pomadas para aliviar sus dolores de espalda y nuca, secuelas del accidente. Madre es generosa y comparte de su ración conmigo, lo cual me relaja un poco en las tardes, antes de que la noche caiga sobre nuestras cabezas. A esa hora debo estar alerta porque como comprenderán, soy el guardián de tres mujeres en medio de esta selva. Y últimamente han comenzado a aparecer más y más gente desahuciada, de las que no sabemos mucho más que lo que nos cuentan los ojos desencajados por el miedo.

A veces escuchamos a algunos de ellos pelear por los motivos más estúpidos: un ronquido más alto de lo normal, una caja de cereal perdida, una pipa de crack que «saltó» de un rincón a otro. Zoé y Briana duermen cerca de nosotros. Comparten una bicicleta y una tienda de campaña. Zoé fue famosa una vez, ella y sus más de cien gatos. Era el momento en que la desalojaron de su apartamento y salió en las noticias. La reportera casi suplicaba que la gente adoptara cuanto animal pudiera, pues el refugio de la ciudad ya no daba abasto.

Por ahí se rumora que son pareja, lo que no impide que alguna noche Zoé se acueste con un tipo para que les compre un poco de alcohol o de comer. Ahora solo tienen un gato, que moquea por la nariz. Las dos eran habituales del Bayview Park, antes que prohibieran acampar ahí. No las quiero ver cerca de mí; me asquean. He tenido ideas nefastas para hacerles rabiar, desde prenderle fuego a su tienda de campaña, asfixiarles al gato, envenenarlas con raticida, o simplemente comprarles unas dosis mortales de fentanilo. Si Madre se entera de lo que me pasó con ellas la otra noche... Suelo dormir a intervalos y cada media hora pongo una alarma discreta, abro los ojos y compruebo que mi pequeño clan está bien. Pero la otra noche escuché unas voces que parecían pelear. Eran voces de mujeres, por lo que en enseguida pensé en Briana y Zoe. En algún momento escuché a una decirle a la otra que la iba a matar como a una perra, y me propuse que las muy desgraciadas no iban a arruinar el sueño de mi madre y hermanas.

Me acerqué a donde venía el griterío, un recoveco entre los árboles donde las histéricas se fajaban por algo que solo ellas sabrían. Me di cuenta de que estaba en el lugar porque casi tropiezo con una de las púas que sujetan la carpa a la tierra. Las mujeres estaban dentro y parecían ya no necesitar de mi llamado al silencio, aunque aún me parecía escuchar lamentos o gemidos. Una extraña paranoia, tal vez producto de lo que fumé un rato antes, me hizo creer que una de las mujeres podía haber herido a la otra y que la herida estuviese medio agónica. Y fue ahí que hice lo que nunca debí haber hecho: ¡asomar mi cabeza dentro de la carpa! Madre mía... ¿cómo pude olvidar que me has dicho siempre que hay lugares donde es mejor no meter las narices? ¿En qué momento Zoe me invitó a entrar, casi sin dejar de babear entre las entrepiernas de Briana? Para colmo tenían una vela encendida dentro de la tienda y la luz que proyectaba dejaba ver en sus rostros las expresiones típicas de un imaginado aquelarre. Zoe, casi desnuda, tironeó de mí y me ofreció un buche de una botellita con alguna bebida que no conozco. Aún no tengo edad de beber alcohol, pero qué le importa eso a estas brujas... «Muchacho, no te asustes, todo está bien. Descuida, que esta perra no muerde», dijo Zoe de Briana. «Menos muerdes tú, perra sin dientes», le contestó Briana sin pensarlo dos veces. «Pero te encanta como te lo chupo. Mira, muchacho, esta es la única manera en que se amansa esta fiera».

No, no debí asomarme a esa tienda. Pude haberme quedado viendo el espectáculo desde afuera, como sombras chinescas recortadas contra la luz de la vela. No debí dejar que me dieran un sorbo de esa botellita con pócima maléfica, ni dejarme acostar sobre su colcha, despojarme de mi pantalón y mi ropa interior. No debí dejar que me frotaran el miembro con alguna extraña loción y que luego me lo succionaran como si fuesen a extraer mi juventud con sus bocas de peces carnívoros y hambrientos. No conocía hasta ese día más sexo que el imaginado, o el que tuve muy precariamente a mis trece años, con aquella muchachita que conocí en uno de esos eventos que mi madre organizaba con tanta ilusión. Las dos urracas se disputaban mi pene, mi escroto, mis tetillas, mi nuca... Frente a mis ojos tenía cuatro pezones engarzados sobre dos pares de tetas caídas, usadas ampliamente en combates cuerpo a cuerpo en épocas y circunstancias muy variadas.

Pensé en los ojos de la bibliotecaria argentina, y en algo más que no eran sus ojos. Me sentía asqueado, mareado, excitado y rabioso; todo a la vez. En un momento mi cuerpo giró y dio con algo suave que maulló y salió despavorido. Acto seguido, un chorro de semen me catapultó lejos, muy lejos de aquella carpa y de todos los peligros de la noche y de los cuerpos perdiéndose en sus filos. Nunca pensé que mi venida fuera el detonante para reiniciar la trifulca entre aquel par demencial, que en sendos intentos se embadurnaban las caras con mi material lechoso. ¿Creerían esas brujas que mi semen les quitaría las arrugas? Empezaron a manotearse otra vez, reprochándose algo así como que «tú cogiste más que yo», o «fui yo la que se la sacó». En medio de la locura, cogí mis ropas y salí medio encuero de la tienda. Terminé de vestirme entre los árboles, mientras escuchaba nuevas ofensas cruzarse de una boca a otra.

Me quedaba un poco de agua en una botella. Me lavé y me acosté al lado de una de mis hermanas. No conté nada, por supuesto. Pero desde esa noche, cuando entro temprano al baño de la biblioteca, me reviso mi parte más íntima para comprobar que no supura, no le han salido verrugas o se ha puesto de otro color.

Lo increíble es que esa noche pude escuchar como el par de locas terminó cantando una canción viejísima de Janis Joplin, como si fueran las mejores amigas del mundo. Ni aunque me lo pida mi mismísima madre me acercaría a esa tienda otra vez. No me arrepiento de ser el guarda nocturno de mi familia, pero a ver, y a mí, ¿quién me cuida en este jardín infernal? ¿Quién?

La reunión

Mr. Kipper ha convocado a reunión en la media hora que tenemos antes de abrir al público. Debe ser la tercera en lo que va de año, descontando la breve orientación para tratar el tema de la evacuación en la temporada de huracanes, lo cual nos toca en gran medida al personal de las bibliotecas públicas. Mr. Kipper pasa revista. Solo falta George, el page, pero es muy usual que llegue tarde, con sus audífonos en las orejas. Sentado y sin bajarse la mascarilla, el director nos advierte que no podemos beber nada, según las reglas dictadas para el funcionamiento de estos lugares en tiempos de pandemia. Lejos van quedando esos días en que veníamos con nuestras jarras de té o café. Yo con mi preciosa jarra que tiene inscrito un fragmento del poema del ganso salvaje de Mary Oliver, regalo de navidad.

—No sé si a sus oídos habrá llegado la noticia de que la ciudad de Miami estuvo a un paso de aprobar la criminalización de los homeless. La pandemia, señores, nos obliga a ser mucho más rigurosos con el tema de la salubridad ciudadana. Como sabemos, las bibliotecas son refugio habitual de los que no tienen techo, sobre todo en momentos extremos de calor o frío, pero eso no es lo peor, sino que a esta particularidad se está sumando un fenómeno inusual. Y es ahí donde el alcalde pide nuestro apoyo, como en momentos anteriores en que lo ha precisado nuestra comunidad.

¡Vaya cinismo el de este alcalde! Cuando trató de que aprobaran una ordenanza para criminalizarlos con el pretexto de que podían ser un foco de contagio en medio de esta pandemia, provocó una reacción virulenta por parte de mucha gente que veían en esta medida un signo de crueldad y falta de gestión de su mandato. Hubo manifestaciones de apoyo a los desamparados, lo que trajo algún ruido en la prensa y hasta la presencia de un canal de televisión. Fue entonces que socarronamente decidió cambiar la estrategia y declarar que todo ciudadano sensible con el tema podía adoptar a uno de los vagabundos.

La retórica formal y vacía en torno al tema de «el bien de todos» me es hartamente conocida. En mi país de origen fue un disco que nunca dejamos de escuchar hasta que se rayó. Bien que sé qué clase de tareas pueden ocurrírsele al alcalde Carreño y compañía —en la biblioteca le llamamos cariñosamente Carroña—. Lo saben mi pierna izquierda y mi pie derecho, que en los primeros meses de la pandemia sufrieron las consecuencias de su iniciativa de distribución de comida. No crean que fue un acto generoso, sino una estrategia para garantizar votos de estómagos agradecidos. Mi pierna terminó amoratada al caerle una mesa mal balanceada con galones de leche. El impacto me tumbó sobre el terreno, donde se formó un charco blanco del que alguien me ayudó a pararme. Unas semanas después a uno de mis pies le pasó por encima la goma de un carro que manejaba una anciana, aturdida probablemente por la larga fila para recoger sus manzanas, huevos y brócolis. Menos mal que conducía a paso de hormiga, pero igual temí en ese momento que los huesecillos del pie se me hubiesen pulverizado. Pero por una increíble ley física lo que te aplasta en ese caso no es todo el peso del carro, sino el del neumático en sí, que por suerte está lleno de aire. Por varios días me empavesé de árnica y me puse hielo, evitando, según consejos de mi supervisora, convertir esos reportes en demandas, pues no debía olvidar que estaba en probatoria. Siempre hubo quien me atemorizó con la posibilidad de un coágulo traicionero, pero me sobrepuse a todo, como casi siempre, y apelé a lo más optimista de mi ser.

Mr. Kipper sigue hablando con esa voz pastosa que tiene. Hay quien dice que es ese medicamento que toma para el corazón que lo pone medio zombie. Una vez por semana le entregan una caja con las siete comidas de la semana, depositadas en un lecho de hielo seco.

—Señores, para agilizar este asunto que tenemos ya a las puertas, Mr. Carreño nos ha pedido que identifiquemos la mayor cantidad de personas que padecen inseguridad de vivienda (recuerden que no está bien que les llamamos homeless), y los abordemos muy discretamente con el fin de saber si estarían dispuestos a ser acogidos si el plan de adopción llega a implementarse como es su voluntad. Se nos pide también que registremos sus edades, al menos aproximadamente, y también un breve reporte de sus condiciones físicas. Pondré una tablilla en mi oficina para ese fin y veremos un training para prepararnos.

—¿Inseguridad de vivienda? ¡Qué eufemismo! Eso lo padecemos casi todos los habitantes de Miami, con excepción de ciertos raperos y otros actores multimillonarios, la mafia rusa que vive en la playa, los empleados de Silicon Valley que viven acá pero trabajan remotamente, los políticos locales de alto nivel, los abogados que defienden a los pejes gordos, un grupo selecto de top models, los especuladores de bienes raíces, los pateadores de balón que cobran como reyes...

—Ms. Stepanova, guárdese sus comentarios para un momento más apropiado. Esto que nos pide Carreño es algo vital en momentos en que encaramos una epidemia como esta —la interrumpe Mr. Kipper.

—Entonces, a ver si he entendido bien —es Andrea tratando de simplificar las cosas—: ¿tenemos que anotar cuántas personas con inseguridad de vivienda vemos, como mismo hacemos con los insectos que encontramos?

—Bueno, si quieres verlo así, sí, es como el reporte donde escribimos si vimos cucarachas, termitas, hormigas... y dónde las vimos. Básicamente se trata de eso, pero con otro fin distinto al de exterminarlos.

—Y después dicen que carroña no come carroña.

—¿Qué dice usted, mi querida Svetlana?

—Nada, me pregunto cuándo será el training, para estar preparados.

—A partir de mañana ya se puede ver, y recuerden que es mandatorio. También recibiremos unos pequeños módulos de higiene que atraerán a estas personas a la biblioteca. Ustedes deberán registrar sus datos en un folder que pondré para ese fin.

—¿Los módulos de higiene funcionarán como anzuelos entonces? —pregunto.

—No sé por qué lo toman de esa manera. Ustedes saben que si las bibliotecas existen todavía es en gran parte por nuestra capacidad de adaptación a los tiempos que corren, lo que incluye dar servicios comunitarios como este. Se trata de colaborar o perecer, no nos quepan dudas. Recuerden que hay un grupo de residentes que son de los que más impuestos dejan en nuestra ciudad, así que no hay nada que reprochar si nuestros desvelados políticos tratan de sanear nuestras calles. Volviendo al tema de interés de esta reunión: ya he elegido al empleado que entre nosotros se ocupará de este delicado proyecto. Nuestra *liaison* perfecta.

Quizás estaba prejuiciada, pero no me pareció que mis colegas se sorprendieran demasiado cuando Mr. Kipper mencionó mi nombre. Mónica, monja, monga, no te escaparás tampoco de esta. Y eso que no saben realmente cuán cerca estoy de entender el tema de la inseguridad de la vivienda. Solo tendrían en la noche que asomarse a alguno de mis sueños. ¿Les cuento? ¿Quieres saber, Mr. Kipper? Colegas míos, ¿les cuento que en ellos mi madre recoge las bolsas, la palangana, la ropa lavada, y nos aventuramos como tuaregs en el desierto, pero se trata de una ciudad a oscuras donde buscamos un sitio para pasar la noche, tender, tendernos, pero las puertas de los edificios están blindadas y las ventanas cerradas a cal y canto, y la única criatura que vemos es un perro que nos sigue a todas partes, más perdido que nosotros mismos? O que estamos en una cola larga, larguísima, a las puertas de un edificio donde reparten viviendas con sus llaves, y donde llevamos algunas noches esperando afuera. Mi mamá debe firmar cada día en un libro enorme, así que estamos esperanzadas con que nos van a dar aunque sea una buhardilla en un edificio medio desvencijado. Un hogar con puerta y una frase de protección detrás de la puerta, una imagen guardiana, una rama de vencedor y otra de abrecamino, un garabato con tiritas rojas, un mazo grande de escoba amarga, un poso de miel, un eleguá de cementos y ojitos de caracol. Pero en eso comienza una lluvia enorme y nos mandan a todos para la casa. ¿Pero qué casa, preguntamos? Si acá estamos en la cola de la vivienda. ¿No es este el edificio de la Reforma Urbana?

MÓNICA

Recuerdo perfectamente la tarde en que sentí el primer rugido. Estaba camino al carro, que parqueo siempre bajo un álamo protector, cuando creí que se trataba de un avión necesitado de urgente aterrizaje. Volaba muy bajo; de ahí el rugido. Vi su vientre blanco casi rozar una palma vecina y hasta leí en un flanco el nombre de Qatar. Pensé que quizás viniendo de tan lejos, pudo estar quedándose sin combustible.

Con los días los rugidos se hicieron más continuos y pregunté a la señora que me alquila si no notaba que los aviones estaban volando tan bajo que casi competían con el exasperante aspirador de hojas. Su respuesta me confirmó que algo estaba pasando en el cielo en medio de este pandemónium. Ya me era imposible abrir las ventanas alguna noche y respirar el aire, no el acondicionado, sino el otro, el casi olvidado aire natural. Si las abría se filtraba mucho más ese ruido sordo, como de mar revuelto, de cielo atronador, sobre todo en las mañanas o en las noches. La respuesta me llegó rastreando en Google: la Federación de Aviación Americana había cambiado el corredor aéreo del aeropuerto de Miami. De un rango de unas siete a nueve millas, fue reducido a media milla, por lo que se concentraban más aviones en una misma estrecha carretera celestial. Se eliminaban las antiguas torres de control para entregarle el mando a una especie de GPS, lo que permitiría ahorrar combustible y tiempo. La susodicha federación había comenzado este plan en otras ciudades y en casi todas hubo quejas, demandas, protestas. Encontré un sitio digital donde residentes de ciudades afectadas expresan su malestar por la polución sonora, la devaluación de sus casas, los problemas de salud y basura ambiental que este cambio trae.

—A mí me ofrecieron unos cien dólares para instalarme un medidor de ruidos dentro de la casa, pero me negué. No me confío ya de ninguna federación ni de nada. Además de que me parece una burla ofrecer cien dólares por tanta molestia, ¿no crees? —me comentó Mary, la señora de la limpieza cuando le mencioné el tema.

Me he puesto obsesa con el asunto. Indago en mis semejantes para ver sus reacciones, mover la atención hacia esos desmesurados pájaros sin plumaje que se nos enciman cada vez más; todo concertado a nuestras espaldas por una voluntad mayor, mientras nos prevenimos de un extraño virus, nos preguntamos cómo vivir con máscaras, con distancia social y con miedo.

Trato de concentrarme en las bondades del día. Las simplicidades de la cotidianeidad. Recorto mariposas para pegar en el nuevo display. No importa si es el mes de homenajear a la Madre Tierra o a la música afroamericana, si celebramos otro año de la fundación de esta Babilonia nuestra llamada Miami o un aniversario más de Emily Dickinson, yo siempre pinto y recorto mariposas. Como el guardia de seguridad ha llamado enfermo —no sabemos si ha contraído la peste—, me toca despertar a un tipo que duerme en el sofá. Me pregunta a gritos que qué quiero a cambio de que lo deje dormir: un carro nuevo, dinero... Me dice que si no noto que usa guantes.

Que no son para evitar enfermarse sino porque todo lo que
él toca se convierte inmediatamente en oro. Las cosas que
hay que oír. Vienen refuerzos. Logramos que nuestro rey
Midas salga, no sin antes romper delante de nuestras narices
el folleto con las reglas de conducta.

Todo parece tranquilo ahora, salvo que de vez en cuando
Terry, la mujer que usa una gorra sucia con la palabra Capitán
en la visera, solloza o se ríe indistintamente. A veces los sollo-
zos se exacerban, como cuando dice recordar que aún no han
contestado su petición de amnistía política para regresar a
Escocia. En esos momentos la calmamos con algún paquetico
de higiene para que vaya limpia al consulado cuando llegue
el día, si es que algo de verdad hay en eso. Reviso uno de los
periódicos digitales que creo más fiables, aun sabiendo que
hoy día nos sostiene una fe de humo en asuntos tales como la
prensa o las elecciones. Leo que el presidente de Brasil se ha
salido con la suya y ha logrado que le consientan traer desde
Portugal el corazón del emperador Pedro I. El corazón con-
servado en formol, listo para ser adorado por decreto en pleno
siglo XXI. Supercherías pajuzas de un demente que permite
que talen miles de kilómetros de la Amazonia, mientras él y
su mujer se ocupan de arengas evangélicas.

A la hora del almuerzo me siento junto a Andrea y me
pregunta cómo me va el tema de la identificación de las «personas con inseguridades de vivienda».

—¿Has registrado a la parejita blanca que viene de Georgia?

Le digo que sí, que ya los he anotado, pero por lo que me
han dicho en menos de un mes se van a vivir con un amigo
al norte de la Florida.

—Acá en Miami no se sienten bien. Ella dice que ha notado que dondequiera que van los menosprecian por no tener casa ni trabajo.

—Él es veterano de Afganistán, ¿sabías? Conversamos un poco cuando vino a chequear las *Meditaciones* de Marco Aurelio. Tienen una de esas tarjetas provisionales con la dirección de un refugio. ¿Y tú, dónde hablaste con ella? —me pregunta.

—Allá afuera, en el parque, al día siguiente de que le diera el tembleque que ella creía era el comienzo de un episodio de epilepsia. Abril, se llama Abril, y es que nació en ese mes. No sé qué me dio por pensar que podía ser un bajón de azúcar y corrí a buscar un par de galletas de chocolate que tenía en mi bolsa, se las comió y fue dejando de temblar. Al mediodía siguiente fui a buscarla extrañada de que no estuviese ya aquí, sentada frente a la computadora, mirando una de esas películas ligeras que le gustan.

—Yo los he visto echar sus esteras entre los banyans. ¿Fue por ahí que los encontraste?

—La encontré a ella sola. Me dijo que su marido había ido a buscar algo urgente. Fue ahí, bajo el sol, que reparé en su palidez y en que tenía los labios muy descoloridos. Le di unas bananas y unos sandwiches que les preparé. Me habló de su anemia, del embarazo perdido, la hemorragia. El camión de rescate la llevó al hospital y le salvaron la vida, pero le hicieron saber que la pérdida del feto se debía principalmente a su desnutrición. Necesita vitaminas, me ha dicho, y ya tomé nota.

—¿Tú crees que ese Steve realmente la quiera? Debe ser como diez años mayor que ella y parece tener mucha más maldad. Llegué a pensar que hasta...

—¿Que la presta o alquila para favores sexuales a cambio de otros bienes? Te confieso que ya mi mente pasó por ahí, pero no he logrado confirmar eso. Abril escapó de su casa con dieciséis años, huyendo de un padre abusivo y en medio del desamparo se encontró con Steve, errante como ella y enganchado seriamente con algún estupefaciente que no sé cuál será. Entre los dos se cuidan a su manera, hasta donde pueden. Abril encuentra en él al padre que le falta, y él, bueno, ya sabes lo conveniente que es tener una muchacha al lado para sentirse protegido, saciado... en fin, es una simbiosis difícil de asimilar para ti o para mí, pero no por ello menos válida. Ella lo espera todo de él.

Nos interrumpe otra vez un sonido de maleta que rueda. Si bien existe el poema de Martí, «Los dos príncipes», yo pudiera escribir el poema de «Las dos maletas». La de Florette, la señora negra que se cubre el pelo con un pañuelo colorido, se ve bastante desgastada. El zipper del compartimento delantero se le traba. Como su vida, atascada quien sabe desde cuándo y por qué. Reserva una computadora y luego de pasarse unas cuantas horas tecleando, nos pide imprimir. Primero ordena las copias que permitimos como cortesía y luego paga otras tantas de su bolsillo. Siempre con monedas o billetes estrujados que saca de otro pañuelito pequeño que guarda en su maleta de pobre. Dice que escribe libros y ya cuenta con más de siete aún por publicar. Los envía a editoriales que rastrea desde nuestras computadoras. Escribe sobre cómo tener éxito en los negocios, cómo alcanzar una salud perfecta, como triunfar en el amor. Todos esos manuscritos los lleva vírgenes en esa maleta sin marca visible. Me gusta echarle una mano cuando baja los escalones para llegar al baño porque me aterra pensar que a su edad pudiera caerse en la maniobra. Me da las gracias y puedo imaginar su sonrisa detrás del bozal. Soy experta ya en imaginar bocas, dentaduras y sonrisas detrás de esos nasobucos impersonales. Ya he notado que a su maleta le está fallando una ruedita. «Cuando venda mi primer libro me compraré una como la de ella», me dice haciendo señas con los ojos.

No es boba, la otra maleta luce las letras M y K por toda la superficie. Su dueña ha aparecido hace una semana; una rubia joven, delgada, con ropa deportiva y sandalias de playa. Es ágil, de caminar muy recto, pero carece de concentración. Tiene una rutina muy simple pero desquiciante. Remueve un libro del estante, lo lleva a la mesa, lo fotografía, lo devuelve a cualquier otro lugar diferente al que lo sacó, y va por el siguiente. Le decimos varias veces que no los regrese, que los deje en uno de los carros que tenemos para eso, pero parece que no escucha y vuelve a hacerlo infinitas veces más.

El pasado lunes me pidió que la ayudara a encontrar un abogado que sea capaz de cobrar cuando gane su caso, que es el de una mujer al que su familia le ha congelado la cuenta de banco y le impide cualquier libertad de movimiento financiero, y hasta la han amenazado con encerrarla si ella insiste en publicar un libro de memorias donde casi todos los parientes salen muy mal parados. «En mi familia hay muchos esqueletos en el closet», me dice. «Tengo miedo, creo que me buscan para matarme». Cuando les comento a los otros sobre el dilema de esta muchacha, me advierten que no le haga caso, que probablemente sufra alguna enfermedad mental o haya estado abusando de alguna sustancia, por lo cual su familia decidió hacer lo que hizo.

Como ocurre con los periódicos, nunca sabemos si las historias que nos cuentan los que llegan a nuestras costas son verdad, o son una perversión de la verdad. Veritas, la diosa de la verdad, según recuerdo, es hija de Saturno, y ya sabemos lo que hace este con sus hijos. Si lográsemos abrir las dos maletas, la desvencijada y la Michael Kors impecable, tal vez supiéramos a qué atenernos. Maletas que ahora mismo no viajan en esos aviones cada día más bajos, cada día más ruidosos. Patricia Highsmith hubiese escrito dos novelas memorables de estas vidas. O una sola, lanzando dos destinos en un mismo saco, cosa que la escritura gusta de hacer.

—¿Puedo dejar mi maleta aquí adentro esta noche? Yo vengo mañana en cuanto abran. Tengo miedo de que me la roben allá afuera —me pregunta la rubita inquieta a la hora de cerrar.

No puedo, no podemos. El sistema es ciego, sordo y mudo. Si no fuera así no se llamaría sistema sino algo más personal.

—Buenas noches —me despido de las dos mujeres y sus destinos sobre ruedas. Con suerte regresarán mañana, y con suerte estaré aquí para recibirlas.

Trato de recordar cómo era la maleta que tenía cuando llegué a este país. Nada relevante recuerdo de ella, salvo que lo que le daba cierto peso era una pequeña colección de libros que traje conmigo en el viaje. Todavía, con la excepción de uno que presté y no me fue devuelto, esos libros, tan extranjeros como yo, me acompañan.

Natalia

—Algo más poderoso que nosotros nos ha reunido aquí, burlando las restricciones de una pandemia que nos castiga con distancia social y un miedo exagerado a la muerte. Miedo que en el caso de Sandrita y mío no ha sido tan letal, pues desde hace un tiempo estamos inmersas en la búsqueda de un camino que nos conduzca lo más cercano a la inmortalidad, es decir, intentamos retrasar los estragos del envejecimiento. Algunas de ustedes, si son observadoras, habrán visto lo más reciente que estamos sacando de la biblioteca —Natalia alza los brazos y se cuelga de un tubo fijo al techo de la terraza, como si la palabra inmortalidad le hubiese disparado un resorte que la llamara a la acción. Así, estirada, levanta unas siete veces las piernas hacia adelante, haciendo unas barras increíbles para sus ya cumplidos setenta años. Diseminados por la casa han emplazado aparatos y tubos para poder ejercitarse camino al baño, mientras leen, o hacen jardinería—. Basta con lo poco que nos conocemos para poder afirmar que algo nos une más allá de nuestro origen, edad, orientación sexual u opiniones políticas. Estamos aquí para intentar entre todos superar una debilidad que nos corroe y que tiene su expresión en ese amor desmedido, arrasador por los libros. Amor esclavizante que nos impide ser buenos hijos de nuestro tiempo, dedicándonos a actividades más provechosas.

Se siente un silencio tal que solo escuchamos el ruido de la brisa batiendo suavemente el agua del canal.

—¿Ven a ese osprey posado quietamente en uno de los pivotes del muelle? Pues detrás de esa pasmosa tranquilidad no hace otra cosa que esperar, con los sentidos bien alertas, a que se insinúe el pez que pueda depredar. Así nosotros, como águilas marinas acechantes, esperamos el momento de caer en picada sobre algún entintado objeto del deseo. Nuestro destino pareciera ser leer o morir. En este primer encuentro de lo que Sandri y yo hemos dado en llamar el Club de los Biblioadictos Anónimos, cada uno podrá contar a los otros sobre su tragedia, liberar sus obsesiones, escuchar otros testimonios; todo es válido en este intento de sacudirnos de lo que sin temor podemos llamar un vicio apabullante. Nos hemos esmerado para que todos, como hermanos en una misma buena causa, podamos tener una experiencia regenerativa única. Y como presumo que para algunos hablar de sí mismos puede ser un asunto engorroso, en tanto que yo me excedo en desinhibición, me atreveré a romper el hielo con esto de los testimonios. Solo entendiendo cómo hemos llegado hasta aquí, nos será más fácil deshacer el maleficio.

Nací en una familia de catalanes muy prósperos que huyendo de la guerra civil se asentó en Cuba. Mi casa en Miramar, muy cerca de la Quinta Avenida, era una joya arquitectónica. Teníamos mayordomo, manejadora, chofer, cocinera… en fin, que fui una niña de la *high life* que paseaba en El Laguito Country Club. Se imaginarán cuánto nos cambió la vida aquel enero de 1959 cuando «el innombrable» se hizo con el poder. Yo tenía entonces catorce años, pero mi verdadera revolución, la personal, había comenzado dos años antes. En el colegio de monjas donde estudiaba había una preciosa biblioteca de la que me hice asidua visitante —Natalia hace una pausa para invitarnos a probar los panecillos con frutas secas y germinado de trigo que Sandrita ha hecho especialmente para esta tarde—. No se guíen por nosotras que pasamos dieciséis horas continuas sin comer. Es una dieta muy estricta para inducir a las células a la autofagia y que deglutan nuestras toxinas. Pero no palidezcan: podemos tomar té, algún zumo, y agua, por supuesto.

Volviendo a la historia: me leí todo lo que tuve a mano en esa biblioteca, desde San Juan de la Cruz a Juan Ramón Jiménez. Con las lecturas comenzaron a infiltrarse en mi cabecita imágenes y pensamientos que me alejaban de mi inmejorable comodidad. Por algunos intersticios, incluyendo los de la propia misa a la que me llevaban invariablemente los domingos en la iglesia de Jesús, en Miramar, me llegaban noticias de que en el mundo había algo que llamaban «los pobres», y que no eran solamente los pobres de espíritu. Le pregunté un día a Sor Angelina, la bibliotecaria de la escuela, que dónde podía encontrar algunos pobres. Quería también tocarlos, olerlos, y si era posible invitarlos a mi casa. Sor Angelina me respondió muy seria que seguramente los pobres ya los tenía dentro de mi casa en las figuras del jardinero, la manejadora, la cocinera, el mismo chofer. Me hizo saber que los había más pobres todavía, como su familia, allá en Andalucía, tan pobres que a ella y a otra hermana suya no le había quedado otra opción que abrazar la vida religiosa para poder comer, vestirse, calzar zapatos y tener una cama decente en este mundo.

Con todos estos pensamientos en mi cabeza me desperté una noche en medio de un sueño, donde ocurría que los hermanos de Sor Angelina llegaban a mi casa, muy mal vestidos y descalzos. «Tenemos hambre», me decían, y sí que parecían a punto de desfallecer, como si hubiesen hecho un largo viaje para llegar a mí. Me levanté de la cama y salí del cuarto rumbo al refrigerador. Parece que hice un poco de ruido porque desperté a la cocinera, que dormía en un cuartico al lado del pantry. Cuando me vio hurgando en lo que llamábamos entonces «el frigidaire» y le conté que la familia de Sor Angelina estaba en mi cuarto, me abrazó y me regresó a mi cama. «Has tenido un sueño, mi niña. Aquí no hay nadie». Me costó trabajo darme cuenta de que era cierto, que solo estábamos ella y yo despiertas en esa casa inmensa. Inmensa también fue la desazón de saber que entre la vigilia y mis sueños había una zona autónoma que nada tenía que ver con mi zona de confort. Una zona que clamaba mi atención de niña precoz para los libros y las preguntas. Si quería encontrar algún sentido a mi vida, pensé, debía hacerme monja, ayudar a otros en sus carencias, estudiar a profundidad por qué si el mundo estaba lleno de libros repletos de saber y de verdades, nuestras vidas no parecían haber aprendido de ellos... en fin, que anuncié en casa mis intenciones, con lo cual cundió el pánico por unos días, luego de los cuales llegamos a un acuerdo. Cuando cumpliera la mayoría de edad podía entrar de novicia a un convento.

Definitivamente no quería ser una mujer como mi madre, dedicada a los asuntos del hogar y las convenciones sociales. Lo que el idealismo de mis escasos años no me dejaba ver es que las mujeres que abrazan una fe y se consagran a una orden no hacen sino obedecer a otra potestad que es el sucedáneo del marido, pero no voy ahora a meterme en ese asunto. Fue entonces que intervino el azar incomprensible pero milagroso —como casi siempre— en la forma de una enfermedad de mis riñones que me hizo guardar cama por dos años. Dos años en que lo único que hice fue leer y conmoverme con lo que leía. Recién me bajaba de la cama de mi convalecencia y ya la Revolución estaba ahí. En lo adelante no tendría que preocuparme más por los pobres porque la pobreza iba a entronizarse de manera institucional. Para ello el nuevo gobierno redistribuiría la riqueza, de modo que los que tenían algo lo perderían en el nombre de una justicia social arrasadora. Para los míos era más que obvio que había llegado el momento de dejar esa bendita isla. A los más jóvenes nos mandaron en esa avanzada conocida como operación Peter Pan, que orquestaron entre la Iglesia y la difunta Polita Grau, esposa de un ex-presidente cubano que repetía siempre: «las mujeres mandan».

De manera que llegué a este país sola, sin saber que iba a conocer la pobreza y el desconsuelo de quien no vuelve atrás. Hubo días en que comer una donut fue todo mi sustento. Por favor, no escatimen ustedes. Sandri, vamos a ser un poco más generosas. Trae almendras tostadas y un licorcito para quien le apetezca. No quiero hablar más de calamidades, que de algún modo todos hemos conocido. Estamos aquí para intentar protegernos de los libros y curarnos de su influjo. Yo hubiese podido escribir una novela semejante a la de mi amigo Carlos Eire, *Snowing in Havana*. Con él tengo cosas en común, como sabrán ustedes si lo han leído.

Viéndome así desposeída de la noche a la mañana, me propuse hacerme alguien en este país y para ello solo contaba

con un recurso: mi intelecto. Todavía me acompañaba la
certeza de que no me iba a casar ni a tener hijos. Tampoco
podía prostituirme, lo cual hubiese sido perfecto, pues me
hubiese ayudado a costear mis estudios, pero muy joven me
di cuenta de que para conquistar, dado que no era lo que se
dice una beldad, mi mayor aliado definitivamente sería mi
cerebrito. Quería ser una mujer solvente y logré ganarme
una de esas becas para inmigrantes jodidos, y como no la
desaproveché, me hice de una carrera en periodismo. Mi otra
carrera era olvidarme de las condiciones que hicieron posible
esa deferencia: olvidar que era cubana, exiliada, potencial-
mente lesbiana. Fue una suerte también que esos estudios
me alejaran de Miami, adonde regresé hace unos veinte años
para reencontrarme con Sandrita, a quien conocí de niña,
cuando éramos dos retoños de la *high life*. De la universidad
de Saint Louis, Missouri, me fui a New York. Allí conocí
a una judía superculta, que me doblaba casi la edad, pero
que me hizo leer a Simone de Beauvoir, a Susan Sontag, a
Helene Cixous. Con ella aprendí francés, italiano, un poco
de alemán. Decía que era importante leer en las lenguas originales siempre que se pudiera. Yo soy el más vivo ejemplo
de cómo las lecturas alteran la propensión de un cuerpo, y
por tanto de una vida. Cuando leí a la Cixous, ese animal
medio árabe, medio europeo, nada quedó igual en mí. Fue
una experiencia similar a aquella iniciación en las lecturas
de los poetas místicos españoles que tuve cuando era niña,
válgame la comparación. Pero entonces no tenía nociones
de mi sexualidad, o al menos no la ejercía. La Cixous me
hizo ver el mundo de otra manera, al soplarme a mi oído
lector aquello de que femineidad y bisexualidad son parte

del mismo paquete biológico, y que solo faltaba extenderlo al terreno cultural. Puedo citar de memoria sus palabras: «En cierto modo la mujer es bisexual. El hombre está encaminado a aspirar a la gloriosa monosexualidad fálica».

Tal vez por toda esta inmersión en el buen saber, o porque tenía el techo resuelto y el clítoris bien atendido, comencé a escribir poesía para dar cauce a unas voces muy particulares que comenzaron a visitarme a cualquier hora. Me negué a creer que padecía alguna condición mental, aun cuando veía que mi mente era un manojo de fractales en expansión. Cuando escribir no fue suficiente, entré en un camino iniciático. Fui con mi amante judía al Perú, a iniciarme con un chamán. Simona, que así se llamaba mi iniciadora en casi todas las artes de esta vida, me hizo leer a Castaneda y todos los libros que implicaran una conexión con ese mundo mágico, desde Aldous Huxley hasta Terence McKenna. Desde entonces todos mis amores los conquisté a golpe de intelecto. Él fue mi pene erguido: me indicaba qué dirección coger. Era una abanderada de un feminismo muy activo, pero cada día era menos femenina. Y ustedes se preguntarán: ¿y toda esta historia a dónde va a parar? Si el constructo de mi ser se asienta sobre la constante absorción de un saber extraído de libros llegados a mí en enamoramientos sucesivos, ¿por qué a estas alturas habría de renunciar a ello? ¿No sería como renunciar al esqueleto de mi identidad? A mis setenta años más que cumplidos, ¿qué otro soporte imaginario me pudiera sostener?

Pues resulta que ahora que pudiera descansar de la tiranía de la letra escrita, heme aquí como una vieja bruja buscando, para mí y para mi fiel Sandrita, la clave de la supuesta inmortalidad. He leído cuanto libro sobre el tema hay, tratando de paliar los estragos del envejecimiento. En un libro del doctor Alberto Villoldo encontramos este método de ayunar durante dieciséis horas y lo estamos siguiendo. También tomamos agua de mar por indicaciones de un seguidor de René Quintón y la alternamos con el método sayu japonés. Nos mantenemos leyendo sobre neurociencia y hasta sobre los beneficios de los psicotrópicos en la tercera edad. No hemos pasado por alto los libros de Michael Pollan y Paul Stamets, como deben suponer. Practicamos religiosamente qijong, taichi y cualquier otro método que nos prometa mantener el ideal del cuerpo sano en mente sana. En fin, que si seguimos así no descansaremos nunca. La verdad, amigos, es que he llegado a un punto de saturación. Quisiera lograr que mi vida tuviera el chispazo rápido y la simpleza de un haiku. Quisiera saber si alguno de ustedes está experimentando este hastío, no por defecto sino por sobreestimulación.

Sin proponérnoslo volvimos a escuchar la caricia del agua en los bordes del canal. Natalia volvió a la carga:

—En resumen, que estoy cansada de ser este bicho raro. En un mundo donde nadie lee, ¿para qué quiero yo la inmortalidad si uno de los más grandes placeres que da el vivir es la lectura, pero todo lo imbricado con ella —desde amantes hasta librerías— se está extinguiendo? Me siento como un dinosaurio viviente, el último de los templarios, una rareza arqueológica de la era cretomicénica que se le escapara a Sir Arthur Evans. Sin embargo, no los hubiera convocado aquí solo para hablarles de la trampa en la que estoy y en la que ustedes parecen estar por razones más o menos similares. Si convoqué este encuentro fue porque creo tener en mis manos un posible antídoto, pero antes de hablarles de él creo

que sería bueno que ustedes expusieran sus propios dilemas;
para eso están aquí. Ya sé, no puedo dejar de ser dramática,
por muchos ayunos que haga en nombre de la autofagia y el
doctor Villoldo. Yo ya soy un libro abierto. Los invito a que
ustedes abran sus páginas para los demás.

SVETLANA

Sentada en una acogedora silla de bambú, al lado de un coco-
drilo de factura tan naturalista que pudiera parecer real, pero
que para tranquilidad nuestra nos aclaran que está hecho de
resina, me atrevo a narrarles una historia que se me atraganta
en el gaznate. Después no digan que no estamos aquí para
eso. ¿Quieren escuchar? Pues venga, escuchen:

—Entiendo que ese maldito vicio te posea tanto que
ni morir en paz te deja. Créeme que a mí me sucede algo
parecido. Aferrarte a leer es como aferrarte a la vida, por
esa parte entiendo bien a Sandra y a Natalia, que buscan
con sus lecturas prolongar el ciclo de la existencia, pero ese
afán de coleccionar libros en proporciones desmedidas a mí
me acercó a la muerte. Y ya saben que, aunque hace tiempo
quiero abandonar este plano, no puedo darme el lujo de fallar
y ganarme un boleto de regreso. Por sus caras, sé que piensan
que exagero. Déjenme contarles algo que aquí nadie sabe.
¿Recuerdas, Mónica, la mañana en que encontraron uno
de los enormes cajones de reciclaje medio desarmado y un
montón de libros regados por fuera?

Por cierto, que esa vez la señora de la limpieza no desa-
provechó el momento para achacarle el desorden a uno de
esos fantasmas que ella cree escuchar cuando está sola. Pues
ese cajón casi fue mi tumba. Los que me conocen bien, saben
que soy una acérrima salvadora de libros cuyo destino es la

basura. No todos, claro, sino los que creo que merecen la pena ser salvados. Unos porque son ediciones agotadas, otros porque están divinamente ilustrados, otros sencillamente se suman al arsenal que tengo destinado a leer cuando me retire. Ya saben que en la biblioteca nos tienen prohibido leer nada impreso, ni siquiera el periódico, para evitar distracciones. Y encima de eso, la nueva póliza de circulación ha acortado el ciclo de permanencia de nuestros materiales de préstamo a... ¡cinco años! Lo que tenga más de ese tiempo, salvo que pruebe que es de alta demanda, es susceptible de ser removido. Imagínense, ¿qué son cinco años de vida para un libro? En fin, las fechas humanas de caducidad, tan arbitrarias... Pues, volviendo al tema, estábamos metidos en esa tarea asignada por Mr. Kipper, nuestro líder glorioso, quien decide qué libros conservar y cuáles sacrificar. Nosotros, los exterminadores, nos aprestamos, luego de su decisión, a invalidar con tinta negra los códigos de barra y cualquier otra señal de identidad, antes de dejarlos caer en los contenedores de reciclaje.

Como se acerca el momento de la reparación capital del edificio, fecha que se aplaza y se aplaza como el fin del virus mismo, pues ando toda excitada en estos días, intentando que no se me escape algún ejemplar interesante. Siento que me salen ojos extras, que se me triplican las manos para rescatar a los elegidos a sobrevivir el bibliocausto. Los amontono en las gavetas de mi escritorio, y cuando ya no tengo más espacio, me voy afuera a verterlos en el maletero. Soy tan insistente escarbando como uno de esos perros buscadores de trufas que he visto en un documental francés. Ridículamente expuesta a redimir legajos en nombre de la conservación del saber o cual-

quier otra humanística cretinada, tendrían que ver cómo se
desbordan mi escritorio, mi carro, mi casa. Entonces sucedió
que una tarde, casi a la hora del cierre, entreví como tiraban
unos enormes libros de la sección de arte, mientras escuchaba
decir a Louise, nuestra querida supervisora: «Qué fotógrafo
tan depravado». También mencionó que era incomprensible
que una biblioteca guardara aquello, con tantos niños y personas decentes que nos visitan. Al momento sentí un estertor
de libros cayendo encima de otros.

Esa palabra, «depravado», hizo volar mi imaginación.
Ustedes no lo saben, pero soy una dedicada coleccionista
de fotografías; también de dibujos, samovares, medias de
seda, en fin, que pareciera que con ello quisiera compensar mi
escasa vida sexual. Fíjense que no digo sensual, que no es lo
mismo. Pero mi sensualidad fue escondida de los ojos de los
humanos, con tal de evitarme la intromisión de los otros. No
voy a entrar en detalles, como ha hecho nuestra anfitriona,
pero puedo decirles que antes de llegar a este país, trabajé en
la biblioteca más antigua de mi ciudad natal, fundada nada
menos que por Catalina la Grande, y me sabía casi al dedillo
lo que guardábamos en el departamento de artes visuales. Por
eso me dio tanta curiosidad lo de artista depravado, pues esos
libros allá no estaban al alcance de las grandes masas, aunque
sí podías tal vez encontrarlos como material de consulta para
unos pocos. Arte decadente se le nombraba, arte del enemigo.

En cuanto me aseguré de que nadie me miraba, me recosté
al borde del cajón enorme y valiéndome de unas tenazas
que tenemos para situaciones como esa, intenté remover los
ejemplares caídos en desgracia. Por lo que podía ver eran
muchos los sacrificados en la sección de los 700. Me incliné

tanto sobre el borde del cajón que perdí el equilibrio y caí adentro. Hice sucesivos intentos para salir, pero todos en vano. Con lo orgullosa que soy no se me ocurrió pedir ayuda. Nadie más se asomó a tirar libros en el arca. Nadie preguntó por mí a la hora del cierre. Ni siquiera tú, mi dulce Mónica. Por suerte llevaba el teléfono en el bolsillo de mi chaqueta, por lo que pude encender la linterna. Olvidé todo impulso de salir y procuré concentrarme con ayuda de esa luz en la búsqueda del susodicho. Recuerdo haber apartado a Ansel Adams, a Walker Evans, a Dorothea Lange, al mismísimo Cartier-Bresson, al colombiano Fernell Franco, que retrató unas putas muy pobres y muy tristes, algunas casi niñas. Pero no, esas no podían sino considerarse imágenes de cierta desfachatez, pero no llegan a ser perversas. Es evidente que esas mujeres no gozaban con su destino. Eran putas paupé- rrimas, lo que las hace poco deseables. No tuve que escarbar demasiado para intuir que el tal libro depravado había llegado a mis manos cuando vi una portada que no es sino un auto- rretrato. Un rostro masculino, intencionalmente afeminado a costa de maquillaje, con una piel de animal al cuello. Abrí el libro para ver desfilar un conjunto de penes erectos, como armas que desafiaban la suavidad del papel, o acorazados en ajustados pantalones de hule, o colgando invertidos en posturas sadomasoquistas...

—Madre mía... —interrumpe Natalia—. ¿Estás hablando por casualidad de Robert Mapplethorpe?

—No por casualidad, Natalia, no por casualidad. Quiso la vida que esa noche yo encontrara una de sus imágenes menos divulgadas, pero más que reveladora para mí. Lo que voy a decir puede parecerles raro, pero esa noche, olvidada del mundo, en un contenedor donde caí por accidente, a la sombra de una linterna diminuta, tuve una de las visiones más difíciles de traducir en palabras. Lo que tenía frente a mí era una imagen de poder.

—Svetlana, nos tienes en ascuas, mujer. ¿Qué diablos viste esa noche que te trastornó tanto?

—La fotografía de un óculo desconocido; no, era más que eso. Era la consagración del excelentísimo ano, señores. Una flor, una puerta al misterio, y ¿por qué no?, también al mal. No olviden que Mapplethorpe contrajo el sida en medio del esplendor de su carrera. Pues lo que me consternó era la imagen de un orificio latente, rodeado de pliegues que irradian como si fuera un sol. Lo menos importante es saber a quién perteneció, si a un rico, un letrado, un marginal, un gay, un ser realizado o un candidato a suicida. No puede decirse si es un culo virgen o si ha sido alguna vez traspasado; en fin, la belleza se da de una manera muy inusual en ese misterio que no da la cara sino su reverso. ¿Podría yo, hedonista y misántropa encarnizada a la vez, reconciliarme con la belleza humana a través del último reducto de sus excrecencias? ¿Vale la pena deponer mi rabieta existencial para gozar crepuscularmente —teniendo en cuenta que ya mi juventud ha quedado atrás— de una imagen más imantadora que mil discursos juntos? ¿Puedo llegar a invertir mis juicios sobre lo adorable y lo sucio? ¿Soy capaz de desintegrarme para renacer en la incertidumbre del ojete divino? Ya veo que me miran como a una demente total, pero eso no me asombra. Lo que realmente me asustaría es que me comprendieran.

Por si quieren saber, logré salir de la trampa superponiendo un montón de libros a modo de escalera, y sujetándome bien fuerte del borde del cajón, logré que se desbalanceara y cayera hacia adelante. Y aunque recibí mi susto y hasta pequeños rasguños, logré escapar, no sin llevarme el libro de Mapplethorpe con el fetiche adentro. A falta de una impresión mejor, he recortado esta foto y la he enmarcado entre las tantas que adornan mi sala. Por cierto, que luego de recortar la imagen que me impactó, le regalé el resto del libro a mi querida Andrea. Ese libro pudo costarme caro. ¡Imagínense si no hubiese podido salir por mí misma y me descubren en la mañana ahí metida! ¿Qué explicación iba a dar? ¡No sé qué atrevimiento fue peor, si esto o lo del netsuke! No me miren así, como perros salivando por un trozo de comida. Eso sí que no se los voy a contar. Mónica, ¿por qué te ríes? ¿Vas a contarles tú?

Tramontano

No seré yo quien te juzgue, mi estimada bibliotecaria de las estepas rusas. Y ya que veo que eres ducha en artistas degenerados, te diré —y de paso a ustedes también— que estoy viviendo un proceso que me hace pensar en la reputación de Balthus. Si pudiera consumar este proyecto que me carcome me acusarían de lascivo, de baboseador de menores y no sé cuántas cosas más. No soy pintor, pero durante años me he dedicado a documentar con mis fotografías catálogos de museos, destinos turísticos importantes; hasta pueblos enteros a punto de perderse. En fin, mi trabajo es dar soporte visual a las investigaciones y proyectos de otros. Viví casi toda mi vida en Miami hasta que me apareció un buen contrato en Boston que recién ha terminado. Regresé a esta ciudad y enseguida me apareció esta oferta que me ata ahora a la biblioteca, pero que incluye otros lugares a los que debo documentar con imágenes, lo que me lleva a hurgar en antiguallas que van desde el mobiliario que donara la viuda del mismo George Merrick, hasta esos paisajes de Backus que tipifican una Florida más que bucólica. Un tedio, pero bueno, será un pago seguro.

El otro proyecto con el que alterno sí es de mi gusto y deseo propio: hacer un libro concebido a partir de fotografías e historias de los moteles históricos de Miami. Tiempo atrás, podías resolver todas tus necesidades en la Calle 8. Estaba llena de restaurancitos y fondas típicas, lo cual te garantizaba saciar un tipo de apetito muy elemental. Abundaban los moteles (todavía hay varios, pero algunos están tocando fondo en medio de una decadencia bien marcada), en los cuales podías saciar otro tipo de apetencia. Me gusta manejar por Tamiami Trail, como también se llama, e ir viendo esos lumínicos de los antros que invocan al pecado. Nombres que recuerdan exóticas islas, mujeres añoradas, frenesíes, éxtasis, placeres efímeros. Frente al cementerio hay uno bien grande que me hace pensar cuán cercano está el camposanto de la campiña, que así se llama el susodicho.

Tal vez conozcan el libro de Gay Talese que recrea el tema del *voyeur*. Este no es mi caso; mi libro parte de una visión nostálgica de esos antros donde tanta gente se encuentra, se goza y se despide, pero también donde han sucedido tiroteos, asesinatos y suicidios. Quiero documentar la existencia de esos cuchitriles en decadencia, que pronto pudieran ser arrasados para levantar estructuras más ambiciosas como parte de un plan de reforzar esta ciudad como la capital de Las Américas, la cual no deja de ser un ídolo de oro con los pies de barro. ¿O debería decir «de fango», teniendo en cuenta su cercanía a los Everglades? Las historias que compondrán este libro han venido de boca de la gente común que ha trabajado en ellos limpiando sus pisos, lavando sus sábanas bordadas con blasones de sangre y esperma, desvelada en las madrugadas para extender una llave, o tocar una puerta para indicar que tu tiempo de frenesí expiró, en fin, que he escudriñado hasta donde he podido y me han permitido llegar. Pero este proyecto o sueño mío, sin un estímulo más personal actuando como un *leitmotiv* sobre las historias, no me resulta tan atractivo. Por eso puedo entender la experiencia vivida por Svetlana, porque soy como ella un fetichista visual.

—¿Y es ahí donde se complica la historia? —pregunta ávida nuestra anfitriona.

En el silencio de Tramontano podíamos leer que un pesar de ancha medida lo embargaba.

—Me es difícil reconocer que estoy devastado... Peor aún, me he enamorado...

—Tal vez debas encontrar otro grupo que no sea este —le interrumpe Natalia—. Tal vez exista algún grupo de Enamorados Anónimos. ¿Alguien sabe si...?

—Pero ¿cuál es el problema con enamorarse? —Andrea funge como abogada de nuestro dolido narrador.

—¿Enamorarse? Es terrible... es peor que leer libros, o que hacerlos —la rusa no puede dejar de emitir su opinión nada alentadora al respecto.

—Coincido contigo, querida Svetlana: es peor, es más tiránico todavía. Sobre todo cuando el amor no va para ningún lado.

—Pero ¿cuándo se ha visto que el amor vaya para alguna parte? El amor es como esas varitas que chisporrotean cuando se encienden y no dejan rastro, salvo un olor como a pólvora dispersa en el aire —suspira Andrea mirando al fondo de la piscina.

—¿Y qué tiene que ver Balthus con todo esto, puedes aclarar? —Sandrita, lúcida, trata de volver al enunciado primero de Tramontano.

—Bueno, juzguen ustedes con sus ojos —saca unos pliegos de su portafolio y los muestra.

Son fotografías, al parecer vírgenes, un tanto atrevidas sí, pero sobre todo se notaba que fue el ojo de un artista quien las orquestó. Nos las fuimos pasando de mano en mano, muy concentrados.

—Pero si esta es... no puedo creerlo —se asombra la rusa con un gesto hiperbólico—. ¿Pero cómo has podido?

—Lo que te has perdido, Mapplethorpe. ¡Qué belleza de niña! Porque no puede tener más de quince años, digo yo.

—Dieciséis, según su tarjeta de la biblioteca tiene dieciséis —le aclara Svetlana a Natalia.

— ¿La reconoces? —indaga cauteloso Tramontano.

—Claro que sí. Es la joya de la corona de los Boney M —digo yo, sabiendo que esto es un disparate, pero al menos ilustra la situación.

—¿Los Boney M? ¿Ustedes quieren volverme loca?

—Natalia, yo sé que no tienes por qué conocerlos porque solo vas por la biblioteca a recoger tus libros, saludas y te vas, pero nosotros vemos a esta niña y a su familia todo el día, todos los días —le hago saber—. Son gente tranquila, a diferencia de otros homeless; lo terrible es el olor.

—¿A qué huelen, a jardinero que ha pasado la chapeadora al sol toda la mañana? —pregunta Sandrita, mostrando sus impecables dientes, algo increíble para sus años.

—A fiera, huelen a fiera —precisa Andrea, quien ha pedido permiso para sentarse en el borde de la piscina—. Les decimos cariñosamente «las mofetas». Y no sé si han notado que ni el hermano mayor ni la madre hieden tanto como las dos muchachas. Sobre todo algunos días. Yo creo que tiene que ver con el período menstrual. Tienes que haberlo notado, Tramontano, porque vaya... como que en estas fotos no anda muy cubierta. ¿Cómo lograste tomarlas, si casi nunca se separan? Si yo para ir con el muchacho a tomar un café tengo que pedirle permiso a la madre cada vez...

—Creo que puedo adelantarme a tu historia: tuviste que subir al ático como parte de registrar nuestro inventario y ahí la encontraste frente a ese mismo espejo, dibujándose. Y caíste a sus pies, seducido como un perro viejo —la rusa adelanta la anécdota.

—Y tú, ¿cómo sabes? ¿Cómo... ? —Tramontano no sale de su estupor—. No me digas que ahí arriba también hay cámaras.

—No, no las hay, pero yo tengo mi propio radar interior... Soy medio bruja, por si todavía no te has enterado... Dime algo, ¿tu instinto corruptor te ha llevado a ofrecerle dinero a esta niña? ¿Te has aprovechado de su indefensión?

—No, mujer, no le ofrecí dinero. Pero «la niña» como tú le dices ha quedado embobecida con toda la lencería que le compré, y aceptó ayudarme con el libro y las fotos. Si vieran cómo flipaba mientras tocaba los luminosos brocados de los brassiers, el raso sutil de las bragas, las sedosas medias con encajes para ajustarlas a sus muslos...

—¿Y su madre no ha visto tus regalos? ¿No tienes miedo de que te delate, llegado el momento? —pregunta Svetlana.

—No ha visto nada, porque me las devuelve después que terminamos la sesión de fotos. Hace poco nos escapamos a un motel, por un par de horas. Ella se excusó diciendo que estaba en el jardín, dibujando del natural.

—Menudo par que son los dos. Y pensar que quien la contempla, creería que la hermosa negrita no rompe un plato.

—¿Y qué haces después con las piezas que usa? —indaga interesada Andrea—. La verdad es que hace mucho que a mí ningún hombre me ha regalado esas delicadezas. ¿No las desechas, o sí?

—¡Qué ingenua eres, mi querida! Apuesto a que ni siquiera las lava —le responde la rusa sin dejar hablar a Tramontano—. Seguro que los agujeritos de esa nariz deben estar cubiertos de minúsculas pelusillas...

—Bueno, bueno, amigos, no nos dispersemos —Natalia asume el control del barco otra vez—. Yo quiero preguntarle a este señor cómo cree que esta reunión puede serle de ayuda. Nosotros queremos curarnos del vicio de los libros, pero el suyo va más allá de la esclavitud del leer y coleccionar estos objetos fascinantemente tiránicos.

Tramontano suspira como quien no puede entender que no lo entiendan.

—El origen de los vicios, mi señora, es más o menos el mismo. Las curas no deben entonces muy distintas, así que cuando Mónica me invitó a esta reunión, pudo haberlo intuido.

—Pero si nada más hay que mirarte la cara para ver que estás en algún rollo emocional bien fuerte. No eres el mismo Tramontano que llegó a la biblioteca un mes atrás.

—No, mi querida Andrea, no soy el mismo. Pero asumo que la terapia que ustedes se darán acá me puede servir también. Además, no olviden que mi mayor ilusión es completar un libro sobre esos moteles. O sea, que sería sumar al caudal del mundo impreso otro objeto de esos que nos abruman a todos. Y lo que se trata más bien es de desparecerlos, a ver si andamos más ligeros por el mundo. Lo he pensado bien, y sí, puedo ganar un dinero con esta publicación, pero ¿cuánto perdería? Hasta hace muy poco mi sensatez no me había dejado ver que hasta la libertad pudiera costarme.

—A no ser que la familia no te acuse porque tenga dividendos cuando haya un contrato, ¿no crees? —es Sandrita, lúcida y clara.

—¿No será que usted quiso congraciarse con ese asunto del Black Lives Matter y todo ese rollo? Porque si lo que usted quiere es una modelo, pues aquí me tiene. Yo lo haría con gusto y sin cobrarle. Solo que quisiera quedarme al final con esas hermosas prendas de lencería —no pudo más Andrea y desembuchó lo que tenía trabado en el gaznate.

—Mujeres, tengan piedad, que soy uno contra todas. No me vean como a un enemigo sino como alguien que ha venido amigablemente a buscar la sanación. Por donde ustedes se alivien, me aliviaré yo.

—¿Alguien más quiere contar su infortunio? —Natalia mira discretamente a Mónica y a Andrea, que aún no develaban sus razones.

—Yo soy quizás la excepción; aún no soy biblioadicta, pero si sigo haciéndole caso a todas las sugerencias de Svetlana, pronto lo seré. Lo mío tal vez sea preventivo, pues en mi deseo de tener amistad correspondida con ella y con Mónica, voy ya por mal camino.

—Y yo... Bueno, la verdad es que vivo en un cuarto alquilado donde ya no me cabe un libro más. Ya una vez me tocó mudarme y lo que más tuve que empacar fueron cajones de libros. Además de que siendo alérgica al polvo y a los ácaros, aun así sigo recogiendo más y más libros. Es cierto que últimamente los desinfecto, no sean que vengan premiados del famoso virus. Muchas veces sueño que entro a un espacio lleno de libreros y algo tiembla ahí adentro, los estantes se precipitan, me aplastan decenas, centenares de libros. Muero de asma o de un tablazo; en fin, que he tratado de cambiar mis hábitos y empezar a leer libros digitales para evitar una tragedia así y poder dormir en paz, pero entonces sueño que me visita un filósofo de rasgos asiáticos y me reprende por ser cómplice de la conjura mundial de los grandes dataístas para desaparecer los objetos y sus rituales. Despierto toda compungida, pero lo peor es que de un tiempo a esta parte se me ha ocurrido que si escribo mi propio libro inevitablemente me alejaré del acto continuo de leer, y eso he intentado, con lo cual mi crimen a la larga sería doble, pues no solo debo leer el libro que escribo, obviamente, para corregirlo, enmendarlo, sino que a la larga obligaré a otros a repetir el acto que yo misma comienzo a detestar. Lo ven, no es nada fácil. Soy ahora mismo la serpiente que se muerde la cola, o el prólogo que devora a su epílogo. ¿Qué otra opción tengo que aceptar un poco de ayuda exterior?

—No se preocupen, amigos, esa ayuda vendrá en breve. Cuando Sandrita nos avise de que todo esté listo, pasaremos a un cuartico que hemos preparado para el ritual de despegue.

—¿Despegue? ¿No me digas que vamos a montarnos en alguna nave o escoba? —pregunta Andrea entre el pasmo y la ironía.

—Puede que las dos cosas, cariño. Vamos, Sandrita acaba de sonar el gong de alpaca alemana que nos invita a traspasar el umbral. Por favor, acompáñenme.

CARREÑO

Al despertar esa mañana, José Carreño no puede menos que preguntarse por qué siente ese agotamiento. Sorbe un poco de café y comienza a repasar los eventos del día anterior, en particular la discusión con los comisionados para llegar a un acuerdo sobre la aprobación del campamento para homeless en Olympia Key, su plan maestro para limpiar la cara más fea de la ciudad. Parecía que su proyecto no iba a resultar, para alivio de ambientalistas, representantes del Homeless Trust, falsos humanistas, residentes cercanos y ciclistas habituales, que enemigos tenía bastantes. Pero pasó lo que tenía que pasar y al ojo del comisionado Montes de Oca llegaron las pertinentes palabras al oído y... cambió de parecer, claro que cambió de parecer.

Por lo demás él está acostumbrado a la ingratitud y la difamación. Periodistas que le llaman el eczema de la política de Miami, que lo acusan de ser el principal cabecilla del cuban racket, que hurgan en su vida personal, en sus finanzas. Claro, que hasta los más cercanos de su familia han ayudado sin querer a desprestigiarle. Le basta recordar que fue su hija quien llamó a la policía para denunciarlo por haberle catapultado una tetera de terracota a la cabeza de su madre (su mujer de entonces). Y bien que se lo ganó, porque nunca ha hecho nada que no estuviera justificado, como cuando mandó aquellas cajas de bananas a la oficina de un oponente político para dejarle claro cómo él lo veía: una copia de un personaje de alguna de esas repúblicas bananeras latinoamericanas. No pudo anticipar que unas decenas de personas se animarían a lanzar unas cuantas frutas más por propia iniciativa. Por suerte siempre ha tenido una forma de librar del peor de los castigos, y aquella vez en que casi le deforma el rostro a su mujer consiguió que solo tuviese que completar un curso sobre el manejo de la ira. Y sí que ha aprendido a ser menos irascible y más irónico, por eso propuso aquel plan de adoptar un homeless, pero por supuesto que no funcionó. ¿Quién va a querer hacerse cargo de esos buenos para nada?

De cualquier modo, en cualquier punto de la ciudad va a haber protestas. Se quejan de que el campamento va a estar muy cerca de la planta de procesamiento de aguas residuales, que si no van a tener acceso a transporte, que si muy cerca hay playas donde van familias a bañarse. ¿Pero qué quieren? ¿El Paraíso para quienes han hecho de sus vidas fracasos totales por la droga, la vagancia, la locura? Las presiones de quienes están trayendo compradores e inversionistas de alto calibre a vivir en esta ciudad nos caen encima a nosotros, los políticos que tenemos que dar la cara a la gente. Ciudadanos de primera que se han mudado acá en medio de esta pandemia, porque la Florida ha sido de los estados más flexibles con el tema de la máscara. Pero además con este asunto de trabajar a distancia, son muchos los que han venido para acá para disfrutar de las cálidas temperaturas, la posibilidad de estar un poco más en exteriores, y las viviendas que todavía son menos caras que en estados como California y New York; en fin, que nadie quiere comprarse una mansión en un vecindario tranquilo y que tus hijos tengan que ir a un parque infestado de homeless, que se mean donde los chicos van a jugar. Pero no, el malo tiene que ser él...

A esta hora le sacan todos los trapos sucios, entre ellos que mandó a cerrar el teatro de arte de la ciudad. Como si no fuera más fácil ver películas en Netflix, más ahora que no es aconsejable que la gente se reúna en lugares públicos. O que retó a duelo a uno de sus contrincantes políticos con un par de pistolas de agua... Lo cierto es que lleva más de treinta años en este juego y no han podido eliminarlo.

Tienen que reconocer su genialidad; hay que ser como el avestruz para no verla. Por eso ha empezado a usar el efecto boomerang. ¿La opinión pública alborotadora cree que está mal que a los desamparados se les concentre en un lugar distante de la ciudad? ¿Llaman fascista y antihumana a su propuesta? Pues se puede resolver de otro modo: «Sea humano, sea solidario. Adopte un homeless». ¿Que le llaman doblemente cínico? Al diablo con la prensa chillona y todos esos pichones de comunistas que a cada rato despuntan en esta ciudad. Él es un funcionario público y está llamado a mantener esta ciudad lo más decente posible. Por lo demás no es nada nuevo que quienes pagan taxes, manden. Y que él supiera, lo único que pagan esos parásitos de su bolsillo es la sustancia con la que se enajenan del mundo. O sea, no es el mundo quien los abandona; son ellos los que se bajaron del barco antes. «Capisce, my friend?», se pregunta frente al espejo, anudándose la corbata, él, todo un descendiente de italianos emigrados un día a Galicia, y de ahí a Cuba, y de Cuba a Miami.

No pueden conmigo —se dice—. No ha nacido aún el gallito que pueda conmigo. ¿Por qué no reconocen que soy sencillamente imbatible? Y ese nuevo campamento que ha surgido detrás de esa biblioteca habrá que desactivarlo a como dé lugar. Por muchas cartas, quejas o reportes periodísticos que se le opongan, en esta ciudad nadie tiene más autoridad que yo.

Se acerca más al espejo y ve que otra vez tiene pelos saliéndole de la nariz. Cancelará esa reunión estúpida que tiene programada para media mañana e irá a ver a su estilista para deshacerse de esos pelos indeseables, y que de paso le retoque las canas. Para perder una guerra basta con estar un poco desaliñado. Por eso está convencido que con él los sin casa y sus aliados la tienen perdida de antemano. Por muchos años ha usado esa colonia exquisita de Versace y ha comprado invariablemente sus trajes y corbatas en Casa Bolado, una de las tiendas más exquisitas de Coral Gables.

Mónica

Entramos al cuartico prometido bajo el auspicio de un baño de gong. Sandrita percute con la maza indefinidamente y mi cuerpo va entrando en calor, como si le hubiesen encendido una hornilla dentro. El cuarto está bastante oscuro, comparado con toda la luz de la que venimos. En el centro hay una estera redonda y bajo una de las ventanas, tapiada por entero, una especie de altar. ¿Qué se exhibe en ese altar? Nos acercamos y vemos que hay un cuadrito, y en él una imagen con un par de cabezas: la de la izquierda pertenece a una mujer de apariencia un tanto masculina, vestida de blanco, con los brazos cruzados hacia delante; la otra es una figura de piedra primitiva, a juzgar por la simplicidad de sus rasgos. Es una copia bastante gastada en los bordes de una revista muy vieja, de fines de los años cincuenta.

—Señores, lo que estamos a punto de suceder acá se lo debemos en gran medida a esta mujer que nos acompañará en nuestro viaje: Valentina Wasson. Sandri, ya puedes dejar de tocar —indica Natalia.

—Valentina Pavlovna Wasson —le corrige Svetlana—. Era rusa como yo y el apellido Wasson lo tomó de su marido, ese americano petulante que se arrogó casi toda la gloria de descubrirle a Occidente el ritual de los hongos sagrados.

—Lo sé, mujer. ¿Por qué crees que he puesto su imagen acá y no la de él, o la de María Sabina?

—Bueno, si vamos a ser justas, su marido, Gordon Wasson, hizo muy bien su parte. Su nombre está ligado a la gloria del descubrimiento, a sus conexiones de dinero y relaciones que permitieron que todo esto saliera a la luz... para bien y para mal. Pero ella fue, vamos a decir... la chispa, y también quien le dió las nociones primeras de iniciación a un mundo al que desde niña y por su cultura misma podía acceder.

—Concuerdo contigo. ¿Cómo hubiese sido esta historia si esta doctora no se hubiese casado con este banquero y en esa luna de miel en los Catskills no lo hubiese iniciado en su pasión, al lanzarse emocionada sobre una colonia de ellos y acopiarlos gustosamente entre los pliegues de su vestido?

—Y luego cocinarlos y trabajar arduamente sobre el asco y la desconfianza de un marido reticente. ¿Has leído su libro sobre Rusia, los hongos y su historia? —pregunta nuestra rusa sobre la otra rusa—. ¿Crees seriamente que su marido debería estar considerado como coautor del libro?

—Esperen, mis queridas, ¿no se supone que estamos acá para desintoxicarnos de este perverso amor por lo publicado? ¿Cómo es posible que estemos asistiendo ahora a una ponencia en torno a lo mismo que queremos sobrepasar?

—Pero, mi muy suspicaz Tramontano, ¿no creerá usted que vamos a purificarnos de una buena vez y por todas? No se desespere; he pensado en todo, aún en lo paradójico de nuestro intento, y por supuesto, también debemos contar con las reincidencias.

—Y esto que hay en este plato, ¿qué es? —Andrea se detiene frente a un cuenco que acoge una mezcla oscura de apariencia pegajosa y no homogénea.

—Este es el soma, la carne de dios aglutinada con miel, los hongos sagrados a los que invocaremos por nuestra sanación —los presenta nuestra anfitriona—. Sandrita nos dará a cada uno de nosotros una porción y el viaje comenzará. No hay nada que temer, ya estamos iniciadas, pero por si acaso ella no tomará nada, para estar más alerta y poder ayudar si alguien tiene un mal viaje.

—¿O sea, que hay chance de que no nos vaya bien? —indaga Tramontano.

—Nos irá bien, solo que en el momento podemos creer que no. Es posible que bajemos a nuestros infiernos por un rato, pero de seguro regresaremos de ahí con mayor claridad.

—He leído algo sobre estos hongos. Hay un libro en la biblioteca de Michael Pollan que trata sobre unos estudios con estos hongos para tratar adicciones y problemas psiquiátricos, entre otras cosas. Un día pasó por mis manos porque un usuario lo había pedido —les comento con ingenuidad.

—¿Un usuario o una usuaria? —por la sonrisa pícara de Natalia nos damos cuenta de quién aguardaba por ese libro—. Sí, señores míos, este tema ha sido de nuestras últimas obsesiones, pero no fue hasta hace pocas noches que nos decidimos a probar, y luego de hacerlo, quisimos extender la generosidad hacia ustedes, que son, por decirlo de algún modo, nuestra familia espiritual.

—Siempre el sentimiento gregario, la utopía guiando al pueblo. Como en las comunas hippies de aquellos años —dice Tramontano con deje irónico.

—¿Y es que acaso no somos animales gregarios? ¿No era en nombre de una comunidad abstracta llamada patria, de un ideal colectivo, que se mandaron tantos jóvenes a la guerra? ¿Cuál era el horror a que se extendiera una actitud, un modo de vivir y pensar diferentes? ¿Cuál es el miedo de los gobiernos a que sus jóvenes se escapen del ruedo existencial de sus mayores? ¿No fue también en el nombre del bien de muchos que se criminalizó el uso de esta sustancia, y de otras que prometían cambiar en grande el modo de sentir y actuar de toda una cultura? —Sandrita se enerva y levanta la maza para sonar un poco más el gong. Hacemos un silencio largo mientras nos volvemos a dejar inundar por los sonidos regeneradores.

—Ya puedes poner la música grabada, Sandri. Y ustedes, siéntense en la estera para irles dando su comunión —era Natalia, que seguía fungiendo de maestra de ceremonia—. En el nombre de la rusa, la atrevida Valentina, ¿quién quiere ser el primero?

Reconocí el tema que habían puesto. Grave, lento, ceremonioso. «How fortunate the man with none», por Dead can dance. La canción fue inspirada en versos de Bertolt Brecht, según recuerdo haber leído alguna vez. Leer, leer. Siempre leer... ¿Y qué tal borrarlo todo, empezar de cero? Nacer otra vez. «You who sit safe and warn indoors...». Borrar cada palabra, cada letra de mi cuerpo y mi sangre. Mirar con ojos nuevos. Lavar nuestra mínima historia personal. Quemar las naves, quemar los libros, correr a campo abierto. ¿Pero dónde está el campo? ¿Dónde está ese hombre afortunado que no tiene nada? Lo único que reconozco es este cuerpo y estos sonidos que anuncian otro estado de vida que no es este. ¿Para qué saber tanto si no es para desprenderse de todo? ¿Cómo, si no vaciándote, es que puedes volver a llenar tu cántaro de asombros? «No me dejen sin música», recuerdo que pedí cuando sentí que un calor insólito me subía de los pies a la cabeza. No recuerdo el orden en que comulgamos, pero sí que todos tomamos nuestra ración.

—Abran esa puerta —pidió Svetlana—. Quiero ver el sol.

Lo próximo que recuerdo es haber visto a Andrea metida en la parte más baja de la piscina, con su saya larga abriéndose como flor en el agua, danzando mientras la música grabada ahora declaraba: «We are the children of the sun...». La vida y la muerte son un mismo baile, me dije mientras trataba de mirar al sol que jugaba entre las ramas del patio. Podía vivir sin libros, me dije, pero no puedo vivir sin esta luz. De repente, sentí que detrás de mí alguien lloraba. Era Svetlana quejándose de que no podía ver. La abracé y no me rechazó.

—Todo estará bien —le digo—. Si en el mundo todavía hay música, el fin no ha llegado.

—Allí, al final del túnel hay una libélula. Recuerdo haberla visto morir hace tantos años, en mis manos de niña. Espera, están hablándome en ruso y se supone que deba entender, pero no entiendo.

Andrea, con los brazos abiertos, nos llamaba al agua. Recordé unos versos: «porque va borrando el agua lo que va dictando el fuego». Comprendí que tenía tantas inscripciones dentro que no podría borrar. Esas, las invisibles, eran las peores. Las más arraigadas. Siglos de verdades y ficciones bordadas bajo la piel, de las que no conseguiría escapar ni aunque ardieran todos los estantes, o peor, como en la novela de esa asiática americana, las convirtieran en papel de baño.

—Reconciliarse —escuché una voz detrás de mí y me viré. Era Tramontano, que miraba fijamente las marcas de agua que adornaban el piso de adobe cada vez que Andrea batía con su saya el agua clorada de la piscina.

—Es Yulunga, el espíritu de la danza —la voz de Natalia me elevó por el aire con Lisa Gerrard—. Bailen, no se frenen. «Solo creería en un dios que supiera bailar», dijo el filósofo del martillo —y abría sus brazos como si quisiera abrazar toda la luz.

Si alguna esperanza aún nos quedara como especie, humildemente pienso que está en enlazarnos a algo que está más allá de nosotros. Volver a un lugar primigenio, reconectarnos. No ser otros, sino ser aquellos que somos en un principio y hemos olvidado. Quizás el hongo, u otras entidades, nos permiten recordar eso que somos, luego de vaciarnos de lo innecesario.

En un momento me vi en la piscina, flotando extasiada, de cara al sol. Sentía que flotaba en una masa amniótica y lloraba de una increíble alegría de vivir. Si pudieran todos sentir esto, me decía. Si pudieran... Si pudieran al menos leer el lenguaje de las nubes. Cualquier lenguaje; no solamente la palabra escrita. Los censores, los exterminadores de libros, no serían suficiente para borrar ciertos saberes, si es que estuviesen realmente aprendidos. Si es que realmente fueran ya parte de lo que nos define y configura. Seríamos como Valentina Pavlona Wasson, para quien ningún exilio, ningún extrañamiento fue tan fuerte como para dejarla inmutable frente a las colonias de hongos que florecían en las montañas donde pasaba su luna de miel, en los Catskills.

Madre

Casi todas las cosas horrendas suceden de noche. No hay refugio posible en una ciudad donde cualquiera tiene un arma y un corazón oscuro. Y siempre que ponen esa cinta amarilla es porque algo tremendo ha sucedido. Yo sueño a veces con esas cintas; puede que alguna rodee mi cuello a punto de estrangularme, o puede que alguno de mis hijos haga con ella círculos en el aire a la manera de los gimnastas. No, no fue un neumático que explotó, como creímos al principio. Lo que explotó fue el cuerpo de Steve, el muchacho de Georgia.

Era un tipo tranquilo, según recuerdo. Nos tropezamos alguna vez dentro de la biblioteca, casi siempre con la muchacha de piel tan pálida como papel de fumar. No parece haber sido una venganza, dicen los comentarios. No es el primer homeless que matan en estos días. En el downtown recientemente se han cargado a dos. Siempre por las noches, mientras duermen. A una anciana le destrozaron la cabeza. Negra como yo; podía ser mi madre. Al otro, le dispararon por la espalda. Sin bajarse del carro en ningún momento. ¿Es que esta maldita plaga le está comiendo el cerebro a la gente? Ese es uno de los peligros de vivir a la intemperie, ser víctima de uno de esos llamados «crímenes de odio». No puede ser casualidad que en tan pocos días se hayan cargado a tres, así desprevenidos, mientras dormían. Esta pareja, como nosotros, llevaba poco tiempo en Miami, así que es difícil que tuvieran enemigos tan terribles como para que fuese una venganza. Yo me volvería loca si a uno de mis hijos... No, aparta esos pensamientos de la cabeza, mujer. Pero, aunque lo intento, la cinta amarilla sigue ahí para recordarme... Lo mismo que quiero olvidar esta pandemia, pero las máscaras, los guardias y las señales de distancia social me la recuerdan.

Abril llora, asustada como una niña a quien la desgracia la ha elegido otra vez. Sé que perdió un embarazo hace poco, probablemente sobre la misma estera donde acaban de matar a su pareja. Pensar que en cuestión de una semana tenían pensado irse a Jacksonville, donde un amigo acababa de heredar un terreno donde decía que podrían acampar sin problemas. Solo esperaban a cobrar el siguiente cheque de veterano del ahora difunto. No importa que ya se hayan llevado el cuerpo: ella sigue llorando. Llora y aúlla, aúlla y se lastima. Se limpia los mocos con el dorso de su camisa y luego comienza a arañarse la cara, a pegarse fuerte contra un árbol. El enjambre de gente comienza a consternarse. Mi hijo, acostumbrado a cuidar de nosotros, se saca la chaqueta y se la pone sobre los hombros a la muchacha que tiembla. Logra calmarla un poco. Yo me sobrecojo pues sé que las medidas de su amor desbordan la circunstancia. Pero la muchacha de la piel pálida como papel de arroz, o de fumar, que a veces son lo mismo, se tranquiliza un poco. Sabemos que un episodio como este puede desencadenarle una crisis de epilepsia.

Al ver a mi hijo sacarse la chaqueta y ponérsela sobre esos hombros pecosos, cerúleos, me estremezco. La piel de mi hijo y la piel de ella. Lo veo todo, lo que está sucediendo y lo que vendrá.

Un policía se acerca, le toma su nombre y algunos otros datos. Le dicen que volverán para interrogarla, cuando esté más calmada. Le preguntan a mi hijo Seth si sabe de alguien que pueda velar por ella mientras tanto. Es ahí cuando yo intervengo y le digo que nosotros la cuidaremos, que su única familia conocida acaba de morir. ¿O iba a hacerme la que no había visto lo que vi?

En su tarjeta de identificación el policía comprueba que se llama Abril, que no tiene más dirección que la que provee el programa de personas desamparadas. Su pobre salud expulsó a su hijo de su vientre y una bala mortal acaba de llevarse a su novio y protector. Su vida pareciera estar restringida a suceder dentro de un cuadrante de cintas amarillas que dicen Precaución y Peligro. Mis hijos no se separan de ella, y en particular el corazón de oro de mi hijo Seth la resguarda. «Vamos al baño de la biblioteca para que te laves un poco la cara», la animo. Y se deja llevar, casi como un cuerpo muerto ella también, pero la manera en que me agarra la mano me sorprende. Quiere vivir, me digo. A pesar de todo, esta muchacha temblorosa y herida quiere vivir.

Afuera del baño, mi hija Deisha le da una toallita para que se seque.

—Te he traído una máscara nueva. Seth ha ido a comprar pan y mantequilla de maní para hacernos unos sándwiches.

—No se agrupen —nos recuerda el guardia.

Tengo ganas de volver a la pequeña iglesia de barrio negro del Grove para escuchar cantar a esa muchacha que trina maravillosamente. Pero hasta las iglesias están cerradas. Me pregunto si algún día se sabrá quiénes han sido los hombres siniestros detrás del control de esta plaga. Me pregunto si

alguna vez se hará justicia y nos curaremos de tanta incertidumbre. Me pregunto si en esa vacuna que esperamos ansio-
sos nos inocularán las dosis de miedo necesarias para aceptar
del poder lo que sea, incluyendo la sensación mal intencio-
nada de hacernos creer que estamos en un mundo jodido,
pero que si tratas de sacudirte podrá ser mucho peor. La cinta
amarilla puede desenrollarse en algún momento. El peligro
acecha. Todo está pensado para lanzarnos de cabeza en un
tiempo en el que apenas reconocerás tu rostro en el espejo.

MÓNICA

Lo siento por Andrea, pero no creo que pueda escribir una de esas historias que dice pudieran venderse como pan caliente. Alrededor mío las historias huelen a podrido, a ropa sucia, a cuerpo sin bañar. Mira nada más los reportes de incidentes que nos están enviando de otras locaciones para que estemos enterados de quienes han violado nuestras reglas y no pueden entrar más por un tiempo o para siempre. Aunque algunas de las historias pueden tener su extraño morbo, como la que recibimos hoy sobre la pobre empleada que fue a vaciar el cajón de los libros afuera y dio con ese loco que le empezó a silbar, a ronronear como un gato, mientras le tiraba besos, no seré yo quien me regodee en ellas. Cuando la muchacha le dijo que para empezar debía ponerse la máscara, el tipo sacó una de esas quirúrgicas que parecen un pico de pato, se bajó los pantalones y se la puso delante de su miembro. Y así siguió acosándola hasta que logró entrar y llamar a la policía.

Por otro lado, estamos consternados con la noticia de que han apresado al asesino que andaba disparándole a los homeless. Contrario a toda expectativa, el tipo no es un pobre diablo ni parece sufrir de alguna aparente enfermedad mental. Se apellida como un famoso patriota cubano, viste de traje y corbata y dice dedicarse al negocio inmobiliario. En su perfil virtual puedes verlo también en prácticas de tiro, junto a carros lujosos o vendiendo criptomonedas. Un sociópata bien parecido, con propensión al lujo, al triunfo. ¿Por qué matar a quemarropa a esta pobre gente sin casa? ¿Practicaba la eficacia de su puntería? ¿Les molestaba su presencia en una ciudad que busca la pretensión a toda costa? ¿La vista de estos cuerpos durmiendo a la intemperie le recordaría lo bajo que puede caerse si las cosas no te salen bien?

Intento registrar todos los desamparados que veo alrededor y no siempre es fácil. Algunos no quieren aportar el más mínimo dato por el que pueda corroborarse su existencia, o aparecen solo un par de días y no los ves más. Con algunos es mejor que te pongas a muchos pies de distancia pues tienen la marca de la desazón en el rostro.

Después de la experiencia en casa de Natalia y Sandrita tengo que hacer un mayor esfuerzo para no salir corriendo de este lugar donde somos vigilados día y noche por cámaras, guardias de seguridad, usuarios que nos juegan cabeza para quitarse el nasobuco o comer algo, todo lo cual está prohibido. Pero lo peor está por venir. Ya se rumora que el alcalde acaba de idear un plan que permitirá construir un centro de bienestar al lado de la biblioteca. Se dice *sotto voce* que quiere limpiar un poco su mala gestión reciente. De aprobarse, tendremos básicamente un pequeño edificio que funcionará como gimnasio, dará albergue a una colección de libros sobre salud, se le añadirá un pequeño puesto para atender urgencias médicas, etcétera. Por el momento ya se ha ordenado la instalación de una carpa para hacer pruebas de detección del virus. Lo que nos faltaba. Si es así, insistirán en sanear el jardín. En ese caso desactivarán los furtivos asentamientos que tienen entre los árboles. Tengo que ser fuerte y recordar lo que me dijeron los hongos: «recuerda que todo pasa. El bien y el mal, todo pasará, pero el mal aguijonea al bien para que actúe». No puedo olvidar ese sentimiento oceánico que me inundaba mientras viajaba por mi conciencia y por sus vórtices, que rozan la conciencia mayor. Si pudiera darle de beber de ese mejunje a Carreño, ¿qué pasaría? ¿Despertaría de su sueño ególatra? ¿O terminaría yo como Mary Pinchot Meyer, la ex-amante de Kennedy baleada junto a un canal, en Georgetown?

¿Y los árboles, los talarán? ¿Cuántos de ellos sobrevivirán? Caerán una a una las ramas. Crujirán los banyans. El estertor de los aviones no logrará silenciar el sonido de los árboles muriendo. No serán hachas, sino motosierras de precisión. Máquinas de matar sofisticadas. No sé si estaré preparada para esa hora. Nunca se está lo suficientemente preparado para ver morir el mundo donde te sientes más o menos reconocida. Para ser sustituido, ¿por qué? ¿Qué puede suplantar a un árbol, a un ser humano que duerme acurrucado entre sus ramas, porque está más cerca ya del mundo animal que del humano? El hombre mapache, la mujer zarigüeya, la vieja ardilla, la niña libélula... Todos serán tragados por el ruido del árbol que cae talado y el miedo a un mundo que nos prometía no dejarnos fuera, pero nos falló. Un mundo donde ya medio rostro queda escondido por el miedo a enfermarnos y morir. Y si aún no sientes miedo, igual debes esconder tu medio rostro, o el rostro entero. Son tiempos oscuros, me digo, pero cuando recuerdo toda esa luz que se arrojó sobre mí hace apenas unos días, en casa de Natalia y Sandrita, me digo que quizás aún haya tiempo para recuperar algo esencial, que nos reconecte con el sentido del porqué estamos todavía acá. En este mismo instante alguna espora debe estar cayendo en una boñiga de vaca o caballo, y está por llover, y luego habrá sol. En este mismo instante un fino retoño en la conciencia está por nacer, o está naciendo. Y alguien cubre con su manta de lana el cuerpo de algún desamparado que tirita de frío en medio de la noche. Lo sé, porque lo he vivido y porque me lo han contado. Estremecerse y compadecer. He ahí que aún quiero vivir para experimentarlo. Contarlo no es lo primordial. Aunque contarlo puede ser estremecedor, puede ser parte de la propia experiencia. Su completamiento.

—Mr. Kipper va a hacer otra reunión para hablar del proyecto que viene. Parece que sí, que sacrificarán parte del jardín —es Andrea que me saca de mis cavilaciones.

—Dile a Mr. Kipper, por favor, que no podré asistir. Me siento enferma.

—¿Crees que tu estómago se enfermó por los hongos? Porque yo tengo como un dolor en el pecho desde aquel día...

—No, mujer, no creo que fuera eso. Te duele el pecho porque cada día nos lo aprietan más a fuerza de querer controlarnos. Es el miedo lo que nos está matando. Pero sí, no puedo seguir hoy acá. Tal vez tenga el virus, sí, el virus del siglo. El del desencanto. Deja ver cómo me curo. La cura o la locura, that is the question.

En el camino a recoger mi bolsa, paso cerca de la familia de los Boney M. Los veo merendando y con ellos está Abril. Aún no saben del horrendo proyecto que se avecina. Pero me alegra saber que se cuidan unos a otros. Y que la muchacha de la piel tan pálida no esté sola. Estremecerse y compadecer. Fue la mayor verdad que encontré en mi viaje de hongos. Me saludan; los saludo. Las sonrisas en sus rostros descubiertos desafían los turbios designios de este tiempo que no vimos venir.

Habrá un juicio

Y no será el final, pero debo responder por lo que hice. Fue a partir de que el guardia dio la voz de alarma de que a una de las muchachas de los Boney M la estaban halando por el brazo para entrarla a uno de los baños. Pensé en Rochelle, que exuda cada vez más una belleza febril, pero no, era la más pequeña, la de las trencitas. Pude notar el aliento etílico del agresor cuando se quitaba la máscara para intentar justificar su abuso. Me armé con una enciclopedia enorme a la que eché mano en el trayecto hasta el lugar de los hechos.

Me han suspendido unas semanas por el incidente, en las cuales no cobraré mi salario. Pero el muy hijo de puta no iba a salirse con la suya. Le pegué fuerte en un costado de la cara, y se salvó que no encontré un objeto más contundente a mano. Lo que sentí es que podía estar haciéndoselo a la muchacha que fui, allá en San Petersburgo, o a mi hija, a la que no he amado lo suficiente, tal vez por eso mismo...

La madre me abrazó y pude sentir su olor a axila salvaje. Olor que no me será dado percibir por algún tiempo, pues he sido apartada del maremágnum que es ahora mismo la biblioteca. Pudiera decir que estoy tranquila si no fuera porque en las noches siento el sonido del escáner ininterrumpidamente. Puede llegar a ser enloquecedor. Como si estuviera pasando un libro y otro por el maldito aparatico. Libros entran, libros salen... Pero todo ocurre dentro de mi cabeza.

Tramontano ha querido visitarme y le he dicho que no.
Mónica, siempre intentando hacerme creer que el mundo no
es tan inhóspito, me ha escrito un mensaje de consolación.
Andrea también me deja abrazos y ridículos emoticones en
el teléfono. No siento remordimiento; en eso me parezco al
Unabomber, mi ídolo entre multitudes. Ya alguna vez nos
carteamos, cuando me hizo notar que tras la invasión de
Panamá, donde cientos de civiles murieron, el presidente
George Bush no dio señales de dolor; en cambio a él no dejaban de preguntarle si no sintió cargos de conciencia por lo
que hizo. Así son las guerras, se justifican los políticos. Y a mí,
¿qué me dice después de todo este castigo? No debes tomar
justicia por tus manos, eso te lo enseñan desde muy pronto.
Pero, ¿cómo se puede vivir en un mundo tan desigualmente
proyectado en términos de justicia?

Me pregunto si las trompetas del apocalipsis sonarán tan
bien como la que tocaba Miles Davis. Pongo su disco *Bitches
brew* y me dejo llevar por la fiesta sonora. En la biblioteca
donde trabajé en Rusia había una sala donde podías sen-
tarte a escuchar música. Era una biblioteca de verdad, y no
uno de estos centros para enfermos mentales, gente sin casa,
desahuciados, que son el promedio acá de los usuarios de las
bibliotecas públicas. Suena el escáner en mi cabeza otra vez,
por encima de la música puedo escucharlo. En algún lugar
de este mundo, alguien está retornando o sacando un libro,
y yo puedo sentirlo. Han sido muchos años entre ellos y no
es fácil curarse. Los amo y los odio con la misma fuerza y el
mismo desgano con que amo y repudio la vida. ¿O será que
debo amarlos más y declararle totalmente la guerra al sistema,
que es en definitiva el daño peor? Pero ¿qué rostro tiene el

«sistema»? ¿Cómo se comporta hoy en día, cómo se enmascara? Ya no tiene la cara de Rockefeller, o de Nixon, o de Dick Cheney. ¿Saldré absuelta de este lío en que me veo metida?

Siempre me quedará la posibilidad de ir al jardín, antes que comiencen los trabajos de remodelación que están anunciando. Mañana voy a ver cuánto han crecido los algodoncillos que sembré para alimento de las mariposas monarcas, y también podré saludar a las muchachas. No voy a entrar, no me está permitido por ahora, ni lo deseo. Ahora mismo soy otra vez un paria, pero si tuviera que hacerlo de nuevo lo haría. Es algo atávico tal vez, como la obstinación con la que respondió Ana Ajmátova cuando le preguntaron si podía describir el horror. «Sí, puedo», dijo. En mi caso la pregunta sería: ¿puedes encarar el horror? Sí, puedo, porque para mí la muerte no es motivo de temor, sino mas bien la vida. Morir en todo caso sería para mí un alivio. En mi país no tuve lugar, no me sentía parte de aquel proceso histórico siniestro y tuve que salir como una apestada. Pero en este tampoco encajo. No tengo nada que perder, porque no tienen con qué comprarme.

Me sirvo un cognac y me siento a seguir escuchando a Davis. Alrededor están mis plantas, mis libreros, las fotos en la pared, los dibujos de Rochelle... Creo que lo mejor que puedo hacer en medio de esta pandemia es descansar un rato. Ir a la playa al amanecer, estudiar italiano o alguna otra lengua romance, llenar la bañadera, regarle pétalos de jazmín y meterme dentro, y no morir ahora mismo. Poner pausa. A ver si el escáner en mi cabeza se aplaca. El silencio, quiero el silencio que alguna vez se respiró en las bibliotecas, a donde me refugié de la locura del mundo solo para que me alcanzara otra vez.

El domingo habrá sesión en casa de Natalia y Sandrita y no quiero faltar. A las nueve de la mañana estaré allí y llevaré un ramo de hortensias para poner frente a la foto de mi coterránea, la rusa Pavlova. Hortensias blancas o azules. No porque me siga obsesionando el deseo de curarme de los libros, sino porque no quiero dejar de viajar hacia otros mundos. Tampoco busco más la regresión a otras vidas, sino volver a ver cómo el hilo de esta poca vida nos entreteje a unos con otros. Allí, donde ninguno de los despreciables patriarcas que detentan el poder quieren que lleguemos. De haber amado a un hombre, de seguro hubiese sido como Ted Kacsinsky, pero si a Ted Kacsinsky lo hubiesen amado, probablemente no hubiese sido quien llegó a ser. No basta sentir odio hacia un sistema, o hacia todo el género humano. Para aniquilar y matar, es preciso una gran falta de amor. Lo que le sobra a esa familia de los Boney M, que no tienen casa, pero se aman de un modo casi enfermizo. Por momentos yo quisiera amar así, cuidar de alguien con ese desvelo. Hacerle las trenzas a mi hija con una devoción que nunca le tuve. ¿Será muy tarde para aprender a amarla?

Estoy pensando seriamente pedirle a Andrea que en medio de un viaje de hongos me haga regresar a esa tarde en que caminaba sola por las afueras de San Petersburgo. Tengo dos opciones en ese caso: o curarme o morir renegando. En el nombre de la rusa que me muestra el camino por encima del tiempo espero vencer a mis propios demonios y morir, sea cuando sea, pero morir en paz. Y de ser posible, que en mi epitafio no aparezca este lugar común: «murió por complicaciones relacionadas con el coronavirus». No, eso no. Yo soy más que una plaga, más que un tiempo de prohibición. Mejor sería que dijese algo así como «murió para saciar una curiosidad muy grande». Tengo muchas preguntas para cuando llegue ese día. ¿Seremos todos de verdad iguales ante la muerte? ¿Habrá algún modo de no regresar a este valle de lágrimas y cuarentenas inundadas de desinfectantes, y encuentros cargados de obscenidad virtual? Y ahora tendría que añadir algo nuevo que me inquieta: ¿desparecerá ese ruido continuo de escáner de mi cabeza? Si es así, ¿aprenderé a reconocer el silencio de la muerte en medio del ruido de la vida? ¿Dolerá menos este ruido mientras más uno se detenga a preguntar? ¿O sencillamente dolerá igual?

Catálogo Bokeh

ABREU, Juan (2017): *El pájaro*. Leiden: Bokeh.

AGUILERA, Carlos A. (2016): *Asia Menor*. Leiden: Bokeh.

— (2017): *Teoría del alma china*. Leiden: Bokeh.

AGUILERA, Carlos A. & MOREJÓN ARNAIZ, Idalia (eds.) (2017): *Escenas del yo flotante. Cuba: escrituras autobiográficas*. Leiden: Bokeh.

ALABAU, Magali (2017): *Ir y venir. Poesía reunida 1986-2016*. Leiden: Bokeh.

— (2019): *Mordazas*. Leiden: Bokeh.

ALCIDES, Rafael (2016): *Nadie*. Leiden: Bokeh.

ANDRADE, Orlando (2015): *La diáspora (2984)*. Leiden: Bokeh.

ARMAND, Octavio (2016): *Concierto para delinquir*. Leiden: Bokeh.

— (2016): *Horizontes de juguete*. Leiden: Bokeh.

— (2016): *origami*. Leiden: Bokeh.

AROCHE, Rito Ramón (2016): *Límites de alcanía*. Leiden: Bokeh.

ATENCIO, Caridad (2018): *Desplazamiento al margen*. Leiden: Bokeh.

ÁVILA VILLAMAR, Carlos (2025): *Nueve ficciones*. Gainesville: Bokeh.

BARQUET, Jesús (2018): Aguja de diversos. Leiden: Bokeh.

BLANCO, María Elena (2016): *Botín. Antología personal 1986-2016*. Leiden: Bokeh.

CABALLERO, Atilio (2016): *Rosso lombardo*. Leiden: Bokeh.

— (2018): *Luz de gas*. Leiden: Bokeh.

CALDERÓN, Damaris (2017): *Entresijo*. Leiden: Bokeh.

CASTAÑOS, Diana (2019): *Yo sé por qué bala la oveja mansa*. Leiden: Bokeh.

— (2019): *The Price of Being Young*. Leiden: Bokeh.

CATAÑO, José Carlos (2019): *El cónsul del Mar del Norte*. Leiden: Bokeh.

CINO, Luis (202x): *Volver a hablar con Nelson*. Leiden: Bokeh.

COLUMBIÉ, Ena (2019): *Piedra*. Leiden: Bokeh.

CONTE, Rafael & CAPMANY, José M. (2019): *Guerra de razas. Negros contra blancos en Cuba*. Leiden: Bokeh | colección Mal de archivo.

DÍAZ DE VILLEGAS, Néstor (2015): *Buscar la lengua. Poesía reunida 1975-2015*. Leiden: Bokeh.

— (2015): *Cubano, demasiado cubano. Escritos de transvaloración cultural*. Leiden: Bokeh.

— (2017): *Sabbat Gigante. Libro primero: Hojas de Rábano*. Leiden: Bokeh.

— (2018): *Sabbat Gigante. Libro segundo: Saigón*. Leiden: Bokeh.

ESPINOSA, Lizette (2019): *Humo*. Leiden: Bokeh.

FERNÁNDEZ, María Cristina (2025): *En el nombre de la rusa*. Gainesville: Bokeh.

FERNÁNDEZ LARREA, Abel (2015): *Buenos días, Sarajevo*. Leiden: Bokeh.

— (2015): *El fin de la inocencia*. Leiden: Bokeh.

FERRER, Jorge (2016): *Minimal Bildung. Veintinueve escenas para una novela sobre la inercia y el olvido*. Leiden: Bokeh.

GALINDO, Moisés (2019). *Catarsis*. Leiden: Bokeh.

GARBATZKY, Irina (2016): *Casa en el agua*. Leiden: Bokeh.

GARCÍA, Gelsys (2016): *La Revolución y sus perros*. Leiden: Bokeh.

GARCÍA, Gelsys (ed.) (2017): *Anuncia Freud a María. Cartografía bíblica del teatro cubano*. Leiden: Bokeh.

GARCÍA OBREGÓN, Omar (2018): *Fronteras: ¿el azar infinito?* Leiden: Bokeh.

— (2025): *66 décimas para cuerdas migratorias*. Gainesville: Bokeh.

GARRANDÉS, Alberto (2015): *Las nubes en el agua*. Leiden: Bokeh.

GINORIS, Gino (2018): *Yale*. Leiden. Bokeh.

GÓMEZ CASTELLANO, Irene (2015): *Natación*. Leiden: Bokeh.

GUERRA, Germán (2017): *Nadie ante el espejo*. Leiden: Bokeh.

GUTIÉRREZ COTO, Amauri (2017): *A las puertas de Esmirna*. Leiden: Bokeh.

HÄSSLER, Rodolfo (2019): *Cabeza de ébano*. Leiden: Bokeh.

HERNÁNDEZ BUSTO, Ernesto (2016): *La sombra en el espejo. Versiones japonesas*. Leiden: Bokeh.

— (2016): *Muda*. Leiden: Bokeh.

— (2017): *Inventario de saldos. Ensayos cubanos*. Leiden: Bokeh.

HERRERA, Alcides (2022): *Canciones iguales*. Leiden: Bokeh.

Herrera, José María (2025): *La musa política*. Gainesville: Bokeh.

Hondal, Ramón (2019): *Scratch*. Leiden: Bokeh.

— (2020): *La caja*. Leiden: Bokeh

Hurtado, Orestes (2016): *El placer y el sereno*. Leiden: Bokeh.

Inguanzo, Rosie (2018): *La Habana sentimental*. Leiden: Bokeh.

Jesús, Pedro de (2017): *La vida apenas*. Leiden: Bokeh.

Kozer, José (2015): *Bajo este cien*. Leiden: Bokeh.

— (2015): *Principio de realidad*. Leiden: Bokeh.

Lage, Jorge Enrique (2015): *Vultureffect*. Leiden: Bokeh.

Lamar Schweyer, Alberto (2018): *Ensayos sobre poética y política*. Edición y prólogo de Gerardo Muñoz. Leiden: Bokeh | colección Mal de archivo.

Lukić, Neva (2018): *Endless Endings*. Leiden: Bokeh.

Marqués de Armas, Pedro (2015): *Óbitos*. Leiden: Bokeh.

Méndez Alpízar, L. Santiago (2016): *Punto negro*. Leiden: Bokeh.

Miranda, Michael H. (2017): *Asilo en Brazos Valley*. Leiden: Bokeh.

Morales, Osdany (2015): *El pasado es un pueblo solitario*. Leiden: Bokeh.

— (2018): *Zozobra*. Leiden: Bokeh.

— (2023): *Lengua materna*. Leiden: Bokeh.

Naranjo, Carlos I. (2019): *Los cantos de Pandora*. Leiden: Bokeh.

Padilla, Damián (2016): *Phana*. Leiden: Bokeh.

Pereira, Manuel (2015): *Insolación*. Leiden: Bokeh.

Pérez, César (2024): *La capital del sol. Tragicomedia en tres actos*. Leiden: Bokeh.

Pérez Cino, Waldo (2015): *Aledaños de partida*. Leiden: Bokeh.

— (2015): *El amolador*. Leiden: Bokeh.

— (2015): *La isla y la tribu*. Leiden: Bokeh.

— (2019): *Apuntes sobre Weyler*. Leiden: Bokeh.

Ponte, Antonio José (2017): *Cuentos de todas partes del Imperio*. Leiden: Bokeh.

— (2018): *Contrabando de sombras*. Leiden: Bokeh.

Portela, Ena Lucía (2016): *El pájaro: pincel y tinta china*. Leiden: Bokeh.

— (2016): *La sombra del caminante*. Leiden: Bokeh.

— (2020): *Cien botellas en una pared*. Leiden: Bokeh.

Quintero Herencia, Juan Carlos (2016): *El cuerpo del milagro*. Leiden: Bokeh.

Ribalta, Aleisa (2018): *Talús / Talud*. Leiden: Bokeh.

Rodríguez, Reina María (2016): *El piano*. Leiden: Bokeh.

—— (2018): *Poemas de navidad*. Leiden: Bokeh.

Saab, Jorge (2019): *La zorra y el tiempo*. Leiden: Bokeh.

Salcedo Maspons, Jorge (2025): *Memoria de eso*. Gainesville: Bokeh.

Sánchez Mejías, Rolando (2016): *Mecánica celeste. Cálculo de lindes 1986-2015*. Leiden: Bokeh.

Saunders, Rogelio (2016): *Crónica del decimotercero*. Leiden: Bokeh.

Starke, Úrsula (2016): *Prótesis. Escrituras 2007-2015*. Leiden: Bokeh.

Timmer, Nanne (2018): *Logopedia*. Leiden: Bokeh.

Valdés Zamora, Armando (2017): *La siesta de los dioses*. Leiden: Bokeh.

Valencia, Marelys (2021): *Peregrinaje en tres lapsos | Pilgrimage in Three Lapses*. Leiden: Bokeh.

—— (2023): *Santuario de narcisos en ayunas | Sanctuary of Fasting Daffodils*. Traducción de Peter Nadler. Leiden: Bokeh.

Vega Serova, Anna Lidia (2018): *Anima fatua*. Leiden: Bokeh.

Villaverde, Fernando (2016): *La irresistible caída del muro de Berlín*. Leiden: Bokeh.

—— (2016): *Los labios pintados de Diderot*. Leiden: Bokeh.

Williams, Ramón (2019): *A dónde*. Leiden: Bokeh.

Wittner, Laura (2016): *Jueves, noche. Antología personal 1996-2016*. Leiden: Bokeh.

Zequeira, Rafael (2017): *El winchester de Durero*. Leiden: Bokeh.

—— (2020): *El palmar de los locos*. Leiden: Bokeh.